책을 읽다

-박상률의 책 이야기-

책을 읽다
– 박상률의 책 이야기

지은이 | 박상률
펴낸이 | 一庚 張少任
펴낸곳 | 돌선 답게
초판 인쇄 | 2022년 7월 15일
초판 발행 | 2022년 7월 20일
등 록 | 1990년 2월 28일, 제 21-140호
주 소 | 04975 서울특별시 광진구 천호대로 698 진달래빌딩 502호
전 화 | (편집) 02)469-0464, 02)462-0464
　　　　 (영업) 02)463-0464, 02)498-0464
팩 스 | 02)498-0463
홈페이지 | www.dapgae.co.kr
e-mail | dapgae@gmail.com, dapgae@korea.com
ISBN 978-89-7574-350-4

나답게·우리답게·책답게

책을 읽다

박상률의 책 이야기

박상률 지음

도서
출판 답게

책으로 가는 길

2부

나와 책

3부

책과 학교

4부

책의 안팎

5 부

책읽기, 삶 읽기

사람은 문자 생활을 한다

한 권의 책밖에 읽지 않은 사람은 위험하다는 말이 있다. 여기서 말하는 한 권은 물론 딱 한 권의 책만을 의미하지 않는다. 자신이 좋아하는, 그래서 외곬으로 빠져 하는 독서는 매우 위험하므로 다양한 책을 읽어야 한다는 뜻이다. 그러나 이런 말을 들먹일 수 있던 시절은 그래도 행복한 시절이었다. 지금은 외곬 독서도 잘 하지 않는 때이다.

영화와 텔레비전으로 대변되는 영상물이 나올 때에도 그런 것에 접근이 쉬운 어른들은 독서를 하지 않을 것이라는 염려를 많이 했다. 그러나 그때는 그래도 좋은 시절이었다. 그나마 휴대전화와 인터넷이 아직 나오지 않았기에! 휴대전화와 인터넷은 영상물에 치여 허덕이고 있던 독서 문화 생태계를 확인 사살하듯이 완전히 짓밟아버렸다 해도 지나친 말이 아니다. 이제는 어른들은 물론 청소년들도 책을 읽지 않는 시대가 되었다. 어쩌면 아이들이 어른들보다도 그런 것에 더 많이 노출되어 있는지도 모른다.

지금은 휴대전화기가 더욱 진화를 해서, 움직이는 인터넷이라 할 수 있는 스마트폰에 거의 모든 것이 다 들어간다. 본디 전화기의 기능인 음성통화는 물론 영화, 드라마, 스포츠 중계, 라디오, 게임, 음악 등, 들어가지 않는 게 없다. 당연히 책도 들어간다! 이런 독서 환경에서 청소년들에게 책 읽기를 강조한들 쉬이 먹히겠는가? 어른들도 책보다는 그런 것에 손이 더 쉽게 가는데….

이제는 스마트폰이라는 전화기 하나만 있으면 심심하지 않게 보낼 수 있다. 예전엔 차를 타고 갈 때에도 독서, 누구를 기다리면서도 독서, 쉬는 날 집에 있으면서도 독서, 잠자기 전에도 독서를 했다. 이렇듯 독서는 자투리 시간을 효율적으로 보낼 수 있는 중요한 수단이었다. 그래서 이력서에 취미를 쓸 일이 있으면 대부분 '독서'를 취미라고 했다. 그러나 지금은 독서가 취미가 아니다. 자투리 시간이 나면 누구든 스마트폰에 고개를 처박고 시간을 보낸다. 버스나 지하철을 보라. 열이면 열 모두, 어른 아이 할 것 없이 죄다 전화기를 들여다보고 있다. 예전엔 어른들은 신문을 보았고 청소년들은 책을 보는 게 익숙한 풍경이었는데 이제는 그런 풍경을 보기가 어렵다.

　이런 시대인지라 청소년들에게 책을 읽자고 하면 이상한 어른 취급을 받는다. 청소년들은 책도 스마트폰으로 읽으면 된다고 한다. 그러나 아무리 전자책이 발달한다고 해도 종이책이 주는 물성을 갖출 수는 없을 것이다. 그나마 전자책을 읽기나 하는가? 게임이나 영상물을 즐기는 게 더 재미있는데 굳이 글자를 읽으려 하는가? 그런데도 머리가 굳기 전에 왜 책을 읽어야 하는가? 청소년들에게 책 읽기를 왜 권해야 하는가?

　인간은 언어로 생각을 한다. 따라서 자신이 아는 어휘 수가 자신의 사고력 수준을 결정한다. 유치원생이 쓰는 말과 중고등학생이 쓰는 말의 수준을 생각해보라. 유치원생은 그야말로 몇 안 되는 어휘로 자신의 의사를 표현한다. 그러기에 중언부언에다 말이 앞뒤도 맞지 않는 경우가 많다. 자신이 아는 어휘 수가 적어 그만큼 생각의 수준도 낮다. 그래서 '유치'할 수밖에 없다. 이에 비해 중고등학생은 책을 보니 안 보니 해도 각급 학교를 거치는 동안 유치원생보다는 책을 더 많이 보고 사고력 깊은 어휘를 구사할 수 있다.

　한때 상상력 향상, 창의력 증진 교육에 열광하던 때가 있었다. 그러면서 온갖 기기묘묘한 짓을 하는 걸 추켜세웠다. 그런데 그것이 과연 상상력이 좋고 창의력이 좋은 것이었을까? 그건 뿌리 약한 화초가 쉬이 말라버리는 것과 같은 경우였다. 왜냐하면 사고력이 바탕이 되지 않았기 때문에. 사고력은 엉뚱한 생각을 한다고 높아지지 않는다. 엉뚱한 생각은 그야말로 쓸데없는 공상에 불과한 경우가 많다. 공상이 쓸 데 있는 상상이 되려면 책을 읽어서 사고력을 높여야 한다.

책엔 언어 가운데 사고력을 높여주는 문자 언어가 들어 있다. 물론 음성 언어도 중요하다. 그러나 음성 언어는 휘발성이 강하고, 대부분의 사람이 조리 있게 구사하지 않는다. 말로 하는 건 대충 말해도, 앞뒤 없이 횡설수설해도 알아듣는다. 하지만 문자 언어는 앞뒤가 논리적으로 가지런해야 한다. 그래서 동물 가운데 사람만이 문자 생활을 한다. 다른 동물은 본능적으로 내는 소리밖에(그게 음성 언어라 하면) 내지 않는다.

말만 해도 되는 휴대 전화기에 왜 문자 기능이 들어갔을까? 이는 음성 언어보다는 문자 언어가 더 조리 있고 믿음성이 있기 때문이다. 말로 정리가 되지 않거나 엉뚱한 소리를 하는 것보다는 문자로 정리하면 실수를 덜 하게 되고 의미도 더 뚜렷해진다. 그래서 음성 언어를 위해 태어난 휴대 전화기에 문자 언어 기능이 들어갔을 터.

사람은 영상으로 생각을 하는 게 아니라, 언어로 생각을 하는 존재이다. 온갖 영상물이 넘치는 시대에도 문자 언어를 소홀히 하지 말아야 할 까닭이 여기에 있다. 사고력이 높아져 상상력이 좋아야 그런 영상물이나 게임의 재미도 높일 수 있지 않을까? 이런 이유에서라도 문자 생활, 책을 읽는 생활을 해야 하리. 다시 말하지만, 문자 생활은 사람만이 한다. 아무리 시대가 바뀌어도 사람 소리 들으려면 문자 생활, 즉 책을 읽을 일이다.

친구와 함께라면

영국의 한 방송 프로그램에서 사회자가 뜬금없는 질문을 던졌단다.

"영국 런던에서 프랑스 파리까지 갈 때 가장 빨리 가는 방법은 무엇일까요?"

출연자 가운데 한 사람이 대답했다.

"그야, 비행기 타면 금방이지요!"

"아 참, 비행기는 빼고, 그 밖의 대중교통을 이용해서 간다면!"

방송에 나온 이들은 저마다 '빨리 가는 방법'을 찾느라 머리를 짜내 오만 대답을 해댔다. 사회자가 출연자들의 대답을 다 듣고 나서 빙그레 웃으며 대답했다.

"맘에 맞는 친구랑 같이 가면 뭘 타도 빨리 갑니다!"

난센스 퀴즈 같은 문제와 답이었지만 출연자들은 모두들 고개를 끄덕였단다.

그렇다. 맘에 맞는 친구와 함께라면 배든 뭐든 어떤 교통수단을 이용해도 지루하지 않게 시간이 금세 지나간다. 그래서 언제 도착한 지도 모르게 목적지에 다다를 것이다.

친구…. 사람은 일생동안 무수한 사람을 만난다. 그러나 만나는 이가 다 친구가 될 수 있는 건 아니다. 적어도 친구이기 위해선 서로 맘이 맞아야 한다. 어릴 때 소꿉놀이를 하더라도 서로 죽이 맞아야 논다. 청소년 시절엔 더더욱 마음을 터놓을 수 있어야 친구가 된다. 부모님을 비롯 선생님한테는 못할 이야기도 친구한테는 할 수 있다. 이는 맘이 통하기 때문이다.

어린 시절에는 남하고 비교적 쉽게 친구가 될 수 있다. 어른들처럼 계산적 이해 관계가 아직 없기 때문이다. 다른 말로 하면 순수하기 때문에 누구하고도 친구가 될 수 있다. 그러나 사회가 적자생존의 경쟁 체제로 바뀌면서 청소년 시기가 되면 순수한 친구 관계 맺기가 점점 더 어려워진다. 당장 대학 입시를 눈앞에 둔 고등학생들은 옆자리 학생을 친구가 아니라 경쟁자로 여긴다. 그런 경쟁자와 한배나 차를 타고 같이 간다면? 자꾸만 시계를 들여다보며 지루해 죽을 맛일 터. 그러나 친구 관계라면 유쾌하게 수다를 떨며 지루하지 않게 여행을 하리라. 맘에 맞는 친구가 많다면 인생을 훨씬 더 풍요롭게 즐기며 살 수 있는 게 사실이다. 그러나 그 정도로 가까운 친구를 두는 일은 점점 더 어려워지고 있다.

우리 속담에는 '친구 따라 강남 간다.', '끼리끼리 논다.' 등 친구를 두고 생긴 말이 많았다. 하지만 요즘은 또래와 친구 관계를 잘 맺기가 쉽지 않다. 더구나 청소년 시절이 되면 자아와 세계 사이에 균열이 생겨 아무하고나 친구 맺기가 어려워진다. 굳이 경쟁 관계가 아니더라도 세계관의 차이, 인생관의 차이, 구체적인 사물을 바라보는 시각의 차이 등, 어린 시절 같으면 전혀 고려하지 않았을 것들이 아주 중요한 고려 사항이 된다. 그래서 맘에 맞는 친구가 없으면 '무소의 뿔처럼 혼자서 가라'는 말도 있다.

그러나 홀로 가는 길은 아주 외롭고 힘들다. 이럴 때, 또래 친구 아니더라도 맘에 맞는 친구가 있다면 참 좋겠다. 그런 때의 친구는? 책이다….

이 대목에서 '에이, 기껏 책 읽으라는 소리잖아?'라고 반응하는 사람이 있을 터. '책 대신 스마트폰 들여다보면 시간이 훨씬 더 잘 간다!'라고 주장하는 이도 있으리라. 그럴지도 모른다. 요즘 전철을 타서 보라. 열이면 열 모두들 손바닥만 한 휴대전화기를 들여다보느라 정신이 없다. 그럼에도 책을 친구 삼으라고?

스마트폰이 보여주는 영상은 남이 화면에 만들어준 것이라 '그냥 보면' 된다. 애써 수고를 할 필요가 없다. 그러나 휘발성이 강해 전원을 끄면 바로 장면이 눈앞에서 사라진다. 하지만 책은 내용을 따라가며 스스로 머릿속에 영상을 만드느라 애를 써야한다. 그런 까닭에 책을 덮어도 스스로 애써 만든 영상은 쉬이 사라지지 않고 오래오래 남는다.

런던에서 파리가 아니라 더 먼 거리라도 책과 함께라면 별로 지루하지 않게 갈 수 있다. 또래 친구는 이런저런 조건과 성향을 서로 맞추어야 하지만 책은 자신이 일방적으로 택하면 그만이다. 책 친구는 뜻이 안 맞더라도 토라지지 않는다. 그렇다고 기분 좋다고 '방방 뜨지도' 않는다. 그냥 다소곳이 있다. 그러면서도 머릿속에 많은 그림을 만들어준다. 물론 그 그림을 만들 때 상상력이 발휘되는 것은 말할 필요도 없다.

그러나, 책 친구가 좋다고 해서 마구잡이로 아무렇게나 대하고 읽어도 되는 건 아니다. 자신의 성찰과 성장에 도움을 주는 책이어야 한다. 남에게 좋다고 자신에게도 무조건 좋은 것은 아니다. 자신에게 맞는 책이 있다. 사실은, 책을 고르는 일도 친구를 정하는 만큼이나 어렵다.

친구도 자신이 처한 사정에 따라 달리 받아들여지듯이, 책도 책을 읽을 때의 환경이나 분위기가 중요하다. 그래서 프랑스의 소설가 프루스트는 자신이 읽은 책에는 그 책을 읽은 밤의 달빛이 섞여 있다고 했으리라.

대부분의 사람들은 런던에서 파리까지 가는 배 위에서 미분·적분의 문제가 가득한 수학책을 읽지는 않을 터. 하지만 어떤 사람들은 그런 수학책을 읽는 이도 있으리라. 그런 사람이 있다면, 그는 분명 즐거워서 읽을 것이다. 그에겐 수학책이 좋은 친구다. 더불어 배가 가르는 물의 파도 소리와 바람 소리가 그 책의 미분·적분 문제에 함께 스며든다. 좋은 친구는 파도 소리나 바람 소리처럼 자신의 삶에 자연스레 스며들기도 한다!

고독의 친구 책

미국의 천문학자 칼 세이건(Carl Edward Sagan)의 명저 『코스모스』엔 이런 구절이 있다. "현재까지 알려진 바에 따르면 생존에 필요한 정보를 유전자나 뇌가 아니라 별도의 공용 저장소를 만들어 그곳에 보관할 줄 아는 종은 지구상에서 인류뿐이라고 한다. 이 '기억의 대형 물류 창고'를 우리는 '도서관'이라고 부른다."

맞는 말씀이다. 도서관은 책을 보관하여 여러 사람이 읽을 수 있게 하는 곳이다. 그렇다면 인간은 왜 책을 만들어 도서관에 저장하고 있을까?

모로코 출신 프랑스의 작가이자 문학 교사 다니엘 페나크(Daniel Pennac)는 그의 독서 교육론 '『소설처럼』(이정임 옮김/문학과지성사 펴냄)'에서 "사람은 살아 있으므로 집을 짓는다. 그러나 언젠가 죽을 것을 알기 때문에 책을 쓴다. 사람은 군거성이 있으므로 모여 산다. 그러나 자신의 고독을 알고 있기 때문에 책을 읽는다. 책 읽기는 다른 어떤 것도 대신할 수 없는 친구다. 책을 대신할 친구는 없다."라고 말했다.

사람은 언젠가는 죽는다는 걸 안다. 죽음을 평소에 의식할 수 있는 동물은 사람밖에 없단다. 다른 동물들은 평소에 죽음이라는 걸 의식하지 않는단다. 죽음이 닥쳤을 때에야 가까스로 죽는 줄 아는 동물이 있다고 한다. 대부분은 죽는지도 모르고 죽는다고 한다….

다니엘 페나크는 사람은 언젠가 죽을 것을 알기 때문에 책을 쓴다고 했다. 나아가, 살아 있기 때문에 집을 짓고 모여 살지만 고독을 알고 있기 때문에 책을 읽는다고 했다. 죽을 걸 알기에 책을 쓰고, 고독하기 때문에 책을 읽는단다!

폴란드의 사회학자 지그문트 바우만(Zygmunt Bauman)은 현대인들의 가장 큰 문제는 고독을 이기는 능력을 잃어버린 점이라고 했다. 친구들과 같이 있으면서 왁자지껄 떠들 때는 그럭저럭 견디며 자기 존재감을 느끼지만, 그 순간은 짧다. 친구들 모임이 끝나면 바로 불안해진다. 그래서 인터넷에 접속하여 이런저런 사이트에 들락거리며 댓글을 달거나 SNS에 열심히 글이나 사진 따위를 올리며 자기 존재감을 확인한다. 그러나 그뿐이다. 이내 곧 허무해지고 허탈해진다. 그래서 다시 어딘가에 접속을 한다. 혼자 있을 줄 모른다. 그래서 지그문트 바우만은 현대인은 고독을 잃어버렸다고까지 말한다.

고독할 줄 모르는 현대인. 고독을 이길 줄 모르는 현대인. 고독할 줄 모르기에 외롭다. 고독을 이길 줄 모르기에 외롭다. 외로워서 여기저기 기웃거리지만, 그럴수록 외로움은 더 해진다. 외로워지지 않으려면 고독을 잘 가꾸어야 한다. 고독을 잘 가꾸는 일에는 책 읽기가 제격이다. 책 읽기를 즐기면 외로울 시간이 없다. 되레 적극적으로 고독해지고 싶다. 고독한 시간이 많아야 책을 더 많이 읽을 수 있으므로….

책 읽기는 본능이 아니다. 학습이고 훈련이다. 소리는 아이가 엄마 뱃속에 있을 때 6개월쯤 되면 들을 수 있단다. 그때쯤이면 청각신경이 아이에게 갖추어져 엄마 뱃속에서 나는 소리는 물론 엄마 배 바깥에서 나는 엄마 목소리나 다른 소리까지 다 듣는단다. 태교 음악이 성하는 것도 그런 까닭.

소리는 아이의 뇌를 쉼 없이 자극한다. 아주 자연스러운 일이다. 하지만 책 읽기는 아이에게 본능적으로 주어지는 것이 아니다. 자연스러운 일이 아니다. 지금까지 발표된 뇌 과학자들 연구 성과에 따르면 소리는 뇌 기능을 진화시키는 과정에 저절로 들어 있기에 따로 훈련이 필요하지 않단다. 하지만 책 읽기는 뇌 기능을 진화시키는 과정에 자연스레 들어 있지 않아서 태어난 뒤 일정한 시기가 지난 뒤에 훈련을 해야 뇌 기능이 향상된다.

그러나 너무 일찍 책 읽기를 시작할 필요는 없다. 책을 처음으로 접해야 하는 시기는 7~8살 무렵이 좋다고 한다. 책 읽기는 뇌에 자연스레 장착된 기능이 아니기에 4~5살에 시작한다고 해서 독서 효과가 잘 나오지 않는다. 이 점은 무엇이든 조기 교육이면 좋다고 생각하는 우리 사회에 시사하는 바가 크다.

사람의 뇌 무게는 전체 몸무게의 2% 정도인데, 쓰는 열량은 20%나 된다고 한다. 이는 머리를 쓰는 일이 상당한 "노동"이라는 걸 말해준다. 맞다. 책 읽기는 노동이다. 자기 머리를 쓰며 살려면 책을 읽어야 한다. 그러기에 책 읽는 노동을 하면 체중도 감소한다. 다이어트가 절로 된다. 고독을 이기게 하는 친구 책 읽기. 나아가 내 머리로 세상을 살게 하고 다이어트까지 해주는 책 읽기. 이래도 책을 안 읽을 텐가?

도서관이라는 곳에 책을 보관할 줄 아는 유일한 동물, 인간. 이 말은 사람만이 책을 읽는다는 걸 뜻하기도 한다.

이젠, 함께 읽기다

어린 시절, 할아버지는 신문도 시조창 하시듯 목청을 길게 빼며 소리 내어 읽으셨다. 오랫동안 나는 글은 그렇게 읽어야 하는 줄 알았다. 예전 서당에서 학동들이 천자문을 배울 때엔 새가 조잘거리듯 소리 지르며 몸을 앞뒤로 흔들며 외웠다. 그런데 학교가 생기면서 그런 낭독이 없어지고 눈으로 읽는 묵독이 글 읽기의 전부인 양 치부된다. 우리 어렸을 때만 해도 학교에선 국어책을 학급 전체 아이들이 함께 소리 내어 읽었는데….

글을 소리 내어 읽으면 머릿속에 더 잘 들어온다. 문장을 빼먹지도 않는다. 어색한 문장은 금세 드러난다. 그런데 속도 경쟁에 치여 낭독이 없어져 버렸다. 나는 낭독의 장점을 알기에 글을 쓰고자 하는 학생들에게 자기가 쓴 글을 반드시 소리 내어 읽게 하였다. 소리 내어 읽는 건 혼자 읽는 게 아니다. 노래를 합창하듯 글을 같이 읽게 된다.

1990년대에 함석헌 전집 스무 권을 소리 내어 읽는 모임을 한 적이 있다. 기본 텍스트를 한 글자도 빼지 않고 읽으려면 무엇보다도 소리를 내어 읽는 게 필요하다고 판단했기 때문이다. 스무 권 읽는데 3년 걸렸다. 3년이라 하면 무척 오랜 시간인 것 같지만 혼자였다면 3년 아니라 30년 걸려도 못 읽었을지 모른다. 어쩌면 한두 권 읽다 그만두었을지도. 하여튼 혼자가 아닌 여럿이어서 가능했다. 여럿이 함께 모여 한 달에 한두 번 무작정 읽었다. 우스갯소리로 이 글을 읽은 사람은 저자와 편집자뿐일 텐데, 이제 우리도 있다고 했다!

무슨 일이든 혼자서는 하기 힘들다. 항심을 오래도록 갖고 있기 힘들기 때문이다. 그래서 절 선방에선 도반 힘으로 같이 한다고 한다(아주 근기가 센 수행자라면 혼자도 가능하겠지만). 소싯적 절에서 지낼 때 108배, 1080배, 3,000배를 한 적이 있는데, 그때 여럿이 하면 할 수 있으니까 어려워하지 마시오, 하던 스님의 말씀이 귓전을 울린다. 다른 사람의 힘에 기대어 나를 끌고 가는 느낌. 동료의 힘을 믿고서.

뻘밭에 놓인, 미끌미끌한 광주리에 잡아놓은 게들이 탈출하는 것을 본 적이 있는지? 게 한 마리는 절대 광주리를 벗어날 수 없다. 하지만 게 여러 마리가 뭉치면 가능하다. 게들은 본능적으로 서로 어깨동무하듯 다리를 걸고 얽어서 광주리를 탈출한다.

마침내 독서도 같이하자는 주장을 담은 책이 나왔다. '이젠, 함께 읽기다(신기수, 김민영 등 지음/북바이북 펴냄)'. 독서 공동체를 기치로 내건 숭례문학당 이야기를 담은 책이다.

다들 책이 좋은 줄은 안다. 그래서 책 속에 길이 있다고 말한다. 그리고 사람은 책을 만들지만, 책은 사람을 만든다고까지 한다. 하지만 책 안 읽는 핑계는 무척 많다. 그 좋은 책, 자꾸만 피하게 되는 이유는 혼자서 책 읽는 게 오래 지속되지 않기 때문이다. 이 책은 책으로 인생을 바꾼 사람들 이야기이다. 책이 사람을 어떻게 변화시키는지를 알게 해주는 책이다.

혼자서는 근기가 아주 센 사람 말고는 변화하기가 힘들다. 하지만 여럿이 하면 가능하다. 게들도 본능이 있어 그 본능을 잘 활용하는데, 사람이 본능을 활용하지 못한다면 말이 안 된다.

'이젠, 함께 읽기다'는 책을 같이 읽고 자유로운 토론을 거쳐 사람이 어떻게 변화하는가를 경험적으로 보여주는 책이다. 같은 책을 읽고 자신의 의견을 말하며 토론을 벌이는 것이 더할 나위 없이 좋지만, 아무 조건 없이 그저 소리 내서 읽기만 해도 독자가 어떻게 변하는지도 실증적으로 써주었으면 하는 바람이다. 토론까지 가지 않고 함께 소리 내어 읽기만 해도 독자가 변한다는 걸 진즉 경험했기에.

책으로 다시 살다

'사람은 책을 만들고, 책은 사람을 만든다'느니, '책 속에 길이 있다'느니 하는 말이 있다. 옳은 말씀이다. 하지만 지금 시대에 책이 어떤 대접을 받고 있을까?

책 속에 여전히 길이 있을까?

다들 지금 죽겠다고 한다.

이런 판국에 책이 무슨 소용이냐고 한다.

억지소리를 곧잘 늘어놓는 이웃 나라 일본 정치꾼들과(대한민국 정치꾼들도 마찬가지이지만) 달리 일본 사람들은 경기가 좋지 않으면 책을 더 읽는다고 한다. 우리는? 경기가 좋지 않으면 일단 책부 터 사지 말아야 한다고 식구들에게 엄포를 놓는다. 식구들도 대부분 고개를 끄덕인다. 먹고 살기에도 벅찬데 책이 무슨 소용이냐 하면서. 얼마나 좋은 핑계인고! 그러다 보니 1년 동안 책을 한 권도 읽지 않는 사람들이 많다. 그런데도 '아무 일 없이 잘살고 있다!'고 강변한다.

'책으로 다시 살다(숭례문학당 편/북바이북 펴냄)'라는 책이 나왔다. 제목 그대로 어려울 때, 방황할 때, 우울할 때, 실직했을 때 책이 있어 다시 살 수 있었다는 사람들의 얘기를 담은 글 모음집이다. '책 읽는 회사'라고 할 수 있는 '숭례문학당'에 드나든 사람들이 쓴 글이다. 그들은 책에서 정답을 구하지 않았다. (나도 살아보니 인생은 정답 구하기가 아니고 질문으로 구성되어 있더라!) 책을 읽고 자기 머리로 생각을 할 수 있는 만큼 질문을 하였다. 그런 차원에서 책은 길을 보여주었다. 그렇다면 책 속에 길이 있다! 사람이 책을 쓰고 만들었지만, 책이 역시 사람을 만들었다!

나는 늘 책은 자기 머리로 생각을 하게 해주므로 읽자고 꼬드긴다. 우리 주변에 자기 머리로 생각을 하지 않는 사람이 얼마나 많은가. 오래전 김머시기 대통령은 머리는 남에게 빌릴 수 있지만, 건강은 남에게 빌릴 수 없다고 하면서 자기 똘마니들과 달리기를 열심히 했다. 그런데 그를 보니 머리도 남에게 빌릴 수 없더라….

‘책으로 다시 살다’에는 함께 책을 읽고 그 책을 바탕으로 숭례문학당에서 토론을 통해 인생을 바꾼 스물다섯 사람의 이야기가 들어 있다. 그들 모두 책을 읽고 자기 머리로 생각을 한 사람들이다. 숭례문학당은 책도 재미있게 읽자고 주장한다. 물론 그 재미는 ‘깔깔’ 소리 나는 재미가 아니고 ‘의미’ 있는 재미이다. 나는 그런 재미를 감동이라고 표현한다. 그런 가치 있는 재미가 있어야 오래 갈 수 있다.

　하여간 일본의 정치꾼들도 책을 읽었으면 궤변을 늘어놓지 않을 것이고, 우리네도 책을 읽으면 지금과는 다르게 살 텐데, 오호애재라!

일요일은 읽요일!

대전 '계룡문고' 주선으로 대전의 한 중학교에 독서 강연을 갔다가 계룡문고에 들렀더니, '일요일은 읽요일이다!'라는 표어가 벽에 붙어 있었다. 서점의 이동선 대표는 어떤 글을 쓰다가 오자가 났는데, 그럴싸해서 그냥 그렇게 쓰기로 했다고 너스레를 떨었다. 일요일이라도 서점 나들이를 해서 읽고 싶은 책을 사 갔으면 하는 바람이 읽혀져서 나도 고개를 끄덕였다.

계룡문고의 이동선 대표와는 십여 년 전에(나중에 이 대표가 8년 전이라고 정확히 계산!) 그림책 '점(피터 레이놀즈 글·그림/김지효 옮김/문학동네어린이 펴냄)'으로 만났다. 어떤 학교에서 나는 책과 문학에 대해 이야기를 한 것 같고(불확실!), 이 대표는 그림책 '점'을 청소년들에게 읽어주었다(확실!). 평소에 그림책의 효용을 알고 있긴 했지만, 유치원생이나 초등학교 저학년생이 아닌 사춘기 청소년들이 그림책에 빨려드는 걸 눈으로 직접 목격하는 순간이었다. 나도 자신감을 얻어 그 뒤 바로 있었던 교사들 연수 때 그림책 '점'과 '지각대장 존(존 버닝햄 지음/박상희 옮김/비룡소 펴냄)'을 들고 가 읽어준 뒤 교사의 역할에 대한 이야기를 시작했던 기억이 난다.

내가 간 학교에선 강당에 300여 명의 학생을 모아 놓고 있었다. 순간 어지럼증이 일었다. 천방지축인 저 아이들을 어떻게 감당해야 하나. 하지만 책 읽어주는 '마법사'로 지칭되는 계룡문고 현민원 선생의 마임과 낭송에 아이들이 금세 집중했다. 현민원 선생은 내가 쓴 소설 '밥이 끓는 시간'의 주인공 심리 상태를 마임으로 표현하고, 소설의 한 대목을 실감 나게 낭송해주었다. 쓴 나도 현 선생이 낭송하는 대목을 들으며 그다음이 궁금해졌다. 아이들도 그랬으리라. 나는 곧바로 책을 왜 읽어야 하는가를 설파.

책이라곤 도대체 읽지 않으려는 세상이다. 지하철을 타서 보면 모두들 스마트폰이라는 전화기에 머리를 처박고 있다. 그런 풍경을 보면 '그렇게 재밌냐? 그렇게 재밌어?'하면서 머리를 콩콩 쥐어 박아주고 싶다.

이런 세상에 계룡문고의 노력은 눈물겹다. 장삿속만으로는 도무지 할 수 없는 일이다. 이동선 대표는 유치원이든 복지 시설이든 할 것 없이 어디든 찾아가 그림책을 읽어주며, 현민원 선생은 책의 내용을 몸으로 표현해주고, 젊어서 성우가 될 뻔한 목소리로 아주 실감 나게 읽어준다.

이동선 대표는 곧잘 서점 나들이나 도서관 나들이는 책과 결혼하는 일이라고 말한다. 그런데 요즘 아이들은 스마트폰과 컴퓨터와 결혼해서 책과는 사이가 멀단다. 더 늦기 전에 스마트폰이나 컴퓨터와 한 결혼생활을 청산하게 하고 책과 다시 결혼하게 해야 한단다. 그러기 위해선 책이 얼마나 '유용'한지 알려야 한다고 강조한다. 그가 든 책의 유용성을 여기서 다 말할 수는 없지만, 스마트폰 내지는 컴퓨터와 이혼하고 책과 결혼하게 해야 한다는 말은 무엇보다도 절실하게 느꼈다!

우리 집 책은 외출을 싫어합니다

햇살은 따스한데 바람이 몹시 붑니다. 봄바람이지요. 지금이야 황사니, 미세먼지니 하는 것 때문에 봄바람이 달갑지 않지만 불과 2, 30년 전만 해도 그렇지 않았습니다. 어린 시절 나는 봄바람 자락에 묻어 있는 냄새를 무척 좋아했습니다. 봄바람 속엔 무엇보다도 만물을 깨우는 향내가 들어 있었습니다. 어쩌면 긴 긴 겨울잠을 잔 나무며 풀이며 동물들은 봄바람 속에 들어 있는 향기로운 내음을 맡으며 다시 살아나는지도 몰랐지요.

처녀, 총각들도 봄바람 내음을 맡으면 가만있지 못했습니다. 겨우내 움츠렸던 가슴이 봄바람을 쐬면 자신도 모르게 울렁울렁해졌지요. 그래서 앞집 순이 뒷집 철이가 한 몸 되어 마을을 뜨는 때는 영락없이 봄바람이 몹시 분 다음 날이었습니다. 나 역시 어렸을 때 봄바람이 불면 견딜 수 없었습니다. 몸이 근질근질하고 뭔지 모를 조바심에 마음이 싱숭생숭했지요. 그런 어느 날, 봄바람이 훑고 지나가는 신작로를 따라 읍으로 가는 고개를 넘었습니다. 내심 어쩌자는 생각도 없었지요. 그저 마을을 벗어나 아무 데나 가고 싶었던 모양입니다.

시오리길을 걸어 읍에 도착한 뒤 나는 차부 옆 한 식당에서 새 나오는 음식 냄새에 취해 한참 서 있었습니다. 금방 먹고 돌아서면 바로 배가 고프던 시절이었습니다. 그런데 바로 그 식당 가까이에 서점이 있었습니다. 서점의 유리창엔 붓글씨로 몇몇 책의 제목이 씌어 있었습니다. 나는 식당은 물론 서점에도 들어갈 엄두를 내지 못했습니다. 돈이 없었기 때문입니다.

지금도 고향 읍내를 생각하면 그때의 식당과 서점 모습이 우선 떠오릅니다. 음식점에서 새 나오던 냄새와 서점 유리창의 붓글씨. 육신의 밥과 정신의 밥!

봄바람에 취해 무작정 집을 나섰지만 내겐 그 식당과 서점을 읍내 풍경 첫머리에 두는 일밖에 일어나지 않았습니다. 하지만 그 풍경 때문에 나는 평생을 그때의 봄바람을 잊지 못하고 삽니다. 그 봄바람 속에는 육신의 밥과 정신의 밥에 허기졌던 내 어린 시절이 고스란히 들어 있었으니까요.

조선시대의 마지막 사람 같았던 할아버지와 시골 학교의 교원이었던 아버지 덕분에 마루와 행낭채, 그리고 벽장엔 꽤 많은 서책이 있었습니다. 하지만 초등학생 수준의 아이가 읽을 만한 책은 별로 없었습니다. '백수사'라는 출판사에서 나온 한국 단편 문학 전집 정도가 그나마 내 수준에 맞는 것이어서 나는 중학교 입학하기 전까지 줄곧 그 책들을 끼고 살았습니다.

본격적으로 책을 탐독하면서부터 이상한 버릇이 생겨났습니다. 내가 읽고 싶은 책은 어떻게든 내 손으로 사는 것과 내 책은 절대로 남에게 빌려주지 않는 것입니다. 그 버릇은 어른이 된 지금도 마찬가지입니다.

우리 형제가 6남매나 되는 데다 부모님이 거둬야 되는 곁 식구들이 많아 아버지 월급으로는 온 식구가 먹고살기에만도 벅찬 집안 환경이었습니다. 그런데도 어머니는 온갖 농삿일을 닥치는 대로 해서 장남인 내가 책을 사겠다고 하면 어떻게든 돈을 마련해주었습니다. 어머니는 눈칫밥은 살로 가지 않는 것처럼 책도 자기 것을 봐야 되는 줄 알았던 것입니다.

본격적으로 문필 생활을 시작한 이래 원고를 쓰다 지치거나 막히면 나는 거실 바닥에 드러누워 책장을 바라봅니다. 별다른 휴식이 필요하지 않습니다. 이 책장 저 책장을 바라보며 책 등에 적힌 제목들을 훑다 보면 피로가 절로 풀립니다. 나는 책을 한번 읽고 꽂아 둔 뒤 두고두고 책 제목을 보며 그 책의 내용을 다시 되새김질합니다. 그러면 내 머리 속에 온갖 이야기가 피어납니다. 그러니 내 책을 남에게 빌려줄 수가 없습니다. 언제 어느 때 내가 어떤 책을 쳐다보다가 새로운 생각이 떠오를지 몰라서입니다.

화장실만 빼고 집안의 벽이란 벽은 모두 천장이 닿도록 책을 싸 놓고 살다 보니 집이 비좁고 불편한 점도 있습니다. 그러나 책이 주는 즐거움에 비하면 다른 불편은 아무것도 아닙니다.

간혹 집에 방문객이 오면 서가를 뒤지며 책을 빌려 가고 싶어 했습니다. 그럴 땐 참으로 난처하지요. 책을 빌려주기 싫어하는 내 마음도 마음이지만, 내가 안 된다고 하기 전에 책이 먼저 얼굴을 찡그리며 나가기 싫다는 표정을 짓기 때문입니다. 그래서 궁리 끝에 서가 곳곳에 이런 문구를 써 붙였습니다.

'우리 집 책은 외출을 싫어합니다.'

그랬더니 어떤 지인들은 노골적으로 불평을 내뱉기도 했습니다. 책 인심이 고약하다는 것이지요. 하지만 나는 단호했습니다. 필요한 책이면 술 담배 먹지 말고 네 돈으로 사서 봐라!

우리 집 서가엔 한참 동안 그 문구가 붙어 있었습니다. 우리 집을 자주 들락거리는 방문객들이 내 의도를 완전히 알고 난 뒤에야 떼어냈으니까요.

내가 이렇게 된 데에는 대학 졸업반 시절의 한 친구가 일조(?)

를 했는지도 모릅니다. 평소 그다지 친하게 지내던 사이도 아니었는데 내 자취방에 우연히 들를 기회가 있자 그 친구는 다짜고짜 책을 가져갔습니다. 그런데 몇 달이 지나가도 책을 돌려줄 생각을 하지 않았습니다. 몇 번이나 돌려줄 것을 청했지만 이 핑계 저 핑계를 대며 책을 가져오지 않았습니다. 그래 저래 몇 달이 흘러 대학 졸업을 하게 되었지요. 그때까지도 친구는 책을 돌려주지 않았습니다. 나는 하는 수 없이 졸업식 뒷날 만사 제쳐두고 친구 집을 찾아가 책을 찾아왔습니다. 모르긴 몰라도 그런 일이 있고 나서부터 더 책 단속을 하게 되었을 것입니다.

책을 빌려주는 사람은 바보라는 말이 있습니다. 물론 빌린 책을 돌려주는 사람은 더 바보고요. 그래서 그랬을까요. 성철 스님 같은 분도 동료 스님들한테 빌린 책은 절대로 돌려주지 않았다더군요. 수행력 높은 그런 분도 바보 소리는 듣기 싫었을까요?

언제 죽을지 모르지만, 나는 죽을 때까지 내 책들을 밖으로 내돌리지도 않고 버리지도 않을 것입니다. 자료로서 효용가치가 높게 나름대로 계통을 갖춰 집에 들여놓기도 했지만, 무엇보다도 어느 책 하나 정이 들지 않은 것이 없기 때문입니다. 그러기에 눈을 감아도 내가 필요로 하는 책이 어디에 꽂혀 있는지 다 압니다. 그 정도는 책에 대한 예의이지요. 그러고 보면 지금까지 나는 2~3만 명의 친구를 곁에 두고 있는 셈입니다. 그 친구들이 앞으로 얼마나 더 늘어날지는 나도 모릅니다. 하지만 수가 아무리 늘어도 친구의 이름이나 앉은 자리를 기억하지 못하는 일은 없을 것입니다. 나는 책 친구들을 너무 좋아하니까요.

어떤 때는 내가 책 욕심을 너무 내는 건 아닌가 하는 생각을 하기도 합니다. 불가의 말을 바꿔 적용하면 책에 집착함으로써 책 너머의 세계를 놓치는지도 모릅니다. 또 문자에 중독되어 문자 너머의 지혜를 놓치는지도 모릅니다. 그러나 나는 상관하지 않겠습니다. 책 속에서 얻을 수 있는 지혜 정도만 얻어도 한 시대의 도인이 되기에 충분하니까요.

성철 스님은 살아생전에 제자들에게 책을 못 읽게 했지요. 선 수행에 자칫 독이 될까 봐서였답니다. 하지만 정작 자신은 지독한 책벌레였던 것으로 알려져 있습니다. 물론 성철 스님의 깊은 뜻을 모르는 바 아닙니다. 하지만 어쩌겠습니까. 세상살이 생겨먹은 대로 살아야지요.

책 속에 세상 모든 것이 다 들어 있는 것은 아닙니다. 하지만 책은 저마다 자기만의 독특한 세상을 가지고 있습니다. 나는 책마다 달리 가지고 있는 세상을 만나는 걸 좋아합니다. 그리하여 마침내 나만이 이룰 수 있는 세상을 꿈꿉니다. 그래서 나는 우리 집 친구들의 외출을 달가워하지 않는 것입니다.

종이책은 죽지 않고 진화한다

이탈리아 태생의 기호학자이자 소설가 움베르토 에코.

우리에겐 소설 '장미의 이름(이윤기 옮김/열린책들 펴냄)'으로 잘 알려져 있지만, 그는 무엇보다도 지독한 종이책 애호가이자 찬양자였다. 그래서 살아생전 이런 말을 자주 했을 것이다. 종이책은 수저, 망치, 바퀴, 가위 같은 것과 마찬가지로 일단 한번 발명되고 나면 훨씬 더 나은 것이 발명되기 어렵다고….

수저, 망치, 바퀴, 가위를 가만히 생각해보자. 쓰기 더 편하게, 혹은 보기 더 좋게, 아니면 한두 가지 기능을 덧붙여서 새롭게 보여지게는 하지만 그 물건들이 지니고 있는 본래의 기능을 버리고 전혀 다른 물건을 내보이지는 않는다. 에코에 따르면 종이

책도 그런 것 가운데 하나란다. 그가 종이책을 지나칠 정도로 너무나 사랑했기에 이런 말을 내뱉었을까?

오토바이가 나오니 자전거가 없어졌나? 텔레비전이 나오면서 라디오가 없어졌나? 영화가 나오자 연극이 없어졌나? 사진이 일반화되자 회화가 없어졌나? 이런 예는 수없이 많다. 그런데도 지난 20세기 말 무렵 출판 '관계자'들은 수군거렸다. 전자책이 일반화되면 종이책은 조만간에 없어질 거라고…. 그러나 지금 그들 '관계자'들의 예상처럼 되었나? 되레 종이책은 날로 진화하고 있다. 이는 종이책이 가지고 있는 '물성'이 이미 사람에게 최적화된 까닭도 있다. 수저 같은 것이 인간의 신체 구조에 맞게 되었듯이….

지금 우리는 텔레비전에서 '리얼리티 프로그램'을 통해 다른 사람의 사생활을 쉽게 볼 수 있다. 텔레비전에서 세계 최초로 '리얼리티 프로그램'을 방영한 나라는 프랑스였단다. 그 나라의 Loft Story란 텔레비전 프로그램에선 식탁에서 밥 먹고 화장실 가서 똥 싸는 것은 물론, 남녀가 부둥켜안고 쪽쪽 빠는 것까지 다 방송에 내보내도 되는데 단 한 가지 안 되는 게 있었단다. 그것은 바로 책 읽는 장면!

책 읽는 장면을 내보내면 안 되는 이유는 시청자들이 출연자들의 책을 읽는 장면을 보면 불쾌해하면서 화를 내기 때문이었단다. 왜 불쾌하고 화가 날까? 출연자가 책 읽는 모습을 '연출'하는 것 같아서? 그런데 대한민국에선 각종 선거에 나오는 정치꾼들 대부분 서가 앞에서 책 읽는 모습을 찍어(최대한 그럴싸하게 '연출'하여) 홍보용으로 활용한다. 어차피 사람들이 책을 읽지 않으므로 유권자들 가운데 어느 누구도 분노하지 않고, 그게 '연출'된 것인지 어쩐지 관심도 없어서일까?

언필칭 대한민국은 조상들의 선비 정신을 이어받은 나라라고 일컬어진다. 본디 선비 정신은 무엇보다도 책을 읽는 것이었을 터. 하지만 조상들의 선비 정신은 과거에 오르기 위한 방편으로써 책을 읽는 것. 그럼 지금은? 지금 책을 읽는 것은 학교 다닐 때 '시험 선수'가 되고자 할 때뿐이다. 그 뒤론 권력을 쥐고 부를 누리며 부정부패하는 걸 특권으로 여긴다. 이런 게 선비 정신은 당연히 아닐 터이다.

옛날 우리나라엔 서점이 없었다. 책이란 양반들만 읽는 것, 내지는 읽어야 하는 것이었으므로 '그들만의 테두리' 안에서 유통되면 그만이었기 때문이다. 책이란 벼슬을 한 양반계급이나 벼슬을 하지 못하고 초야에서 살았던 양반계급들이 독점해야 하는 물건이었다. 어쩌면 정치꾼들이 책을 들고 서가 앞에서 홍보용 사진을 찍는 건 선거를 통해 소기의 목적을 이루기 위해 양반 시늉을 하는 짓인지도 모른다. 일반인들은 예나 지금이나 책에 관심이 없으므로 화도 나지 않고….

종이책을 맨 앞에 두고 여러 가지 시도를 한다. 인터넷 포털 같은 데서 먼저 연재를 하고 나중에 종이책으로 내기도 한다. 이런 시도 모두 종이책의 진화로 여겨진다. 퍼블리싱 플랫폼도 그 일환 중 하나로 볼 수 있다.

손이 가요, 손이 가~

나는 집에 2~3만 권의 책을 冊 모양으로 쌓아두고 산다. 그래서 간혹 사람들이 묻는다. 이 책 다 읽었느냐고…. 읽었다고 하면 '뻥'일 테고, 안 읽었다고 하면 읽지도 않을 거면서 무엇 때문에 책을 이렇게 많이 지니고 있느냐고 되물을 것이기에 참으로 곤혹스럽다. 처음 온 집배원은 서점 하다가 잘못되셨느냐고 조심스레 묻기도 한다.

많은 책에 놀란 어떤 방문객에겐 순간적으로 이렇게 대답한 적도 있다. '나는 책을 쓰는 사람이지, 읽는 사람이 아니오!.' 말도 안 되는 것 같은데 '그럴싸했는지' 그 방문객은 더 이상 묻지 않았다. 책을 읽지 않고 어찌 책을 쓸 수 있으랴만.

나는 평소에 책이라는 물건은 손에 닿는 곳에 있어야 한다고 생각한다. 어느 과자 선전 문구처럼 책도 '손이 가요, 손이 가~'여야 한다. 우선 나 자신을 위해서, 지식은 부차적인 것이고….

최근에 어떤 기사('안 읽더라도 집에 책 쌓아놓아야 하는 이유'/신현호/한겨레 2018년 11월 17일 자)를 봤더니 자녀 교육상, 책을 안 읽더라도 집에 쌓아놓아야 한단다. 기사에 따르면 청소년기에는 책에 노출되기만 해도 인지능력 발전에 전반적인 영향을 끼친단다. 그래서 언어능력과 수리 능력은 물론 기술 문제의 해결 능력이 향상된다는 걸 통계 자료를 짚어가며 구체적으로 보여준다. 때문에 집에 책이 아주 많을 필요는 없지만 거의 없으면 안 된다. 무척 공감되는 이야기….

하다못해 도서관에 가서라도 책에 노출될 일!

아이들의 교육이 진정으로 걱정되면 학원으로 아이들을 내몰지 말고 집에 책을 쌓아둘 일이다. 앞으로 인공지능 시대를 살아갈 인간은 독해력을 바탕으로 한 소통과 이해하는 능력이 있어야 한다고 하지 않는가? 독해력은 책을 읽어야 길러지는 법. 자, 다들 책에 '손이 가요, 손이 가~'를 부르자!

세상의 속도와 책의 속도

하늘에서 필요로 하는, 하늘이 사랑하는 사람은 하늘이 일찍 데려간다는 말이 있다. 내 경험상 그 말이 맞는 성싶어 '그런 일'이 일어날 때마다 늘 고개를 끄덕인다.

초겨울에 군 입대를 한 고교 시절의 가까운 친구가 있었다. 내 자취방에서 하룻밤을 잔 뒤, 내복을 안 입고 입소하려다가 훈련소 앞에서야 '가까스로' 내가 벗어준 내복을 입고 입소했다. 그 친구도 일찌감치 갔다. 대학 시절 세상을 들었다 놨다 하는 '고담준론'을 나누었고, 훗날엔 광주 5·18 자문 변호사 노릇을 한 벗도 오래전에 가고, 유마경 공부를 같이하며 절집의 온갖 가르침을 전해주던 학승 친구도 진즉 가고, 문단에 나와 오래도록 갖은 추억을 쌓은 글쟁이 친구도 다른 세상으로 호적을 옮겼다. 모두들 거기서 잘 지내고 있는지?

가장 최근에 세상을 뜬 친구인, 민중가요 '솔아 솔아 푸르른 솔아'의 원작 시를 쓴 박영근 시인. 그가 간 지도 벌써 10년. 그를 처음 만나던 때가 새롭다. 그래서 그를 생각하며 이런 시를 쓰기도 했다.

지난 구십년대 초 겨우 첫 시집 상재했을까 말까 한 무렵/일 있어 마포의 어느 출판사 들렀더니/벽 아래 안락의자에서 자고 있던 중늙은이 하나/벌떡 일어나 다가온다/나 박영근인데, 너도 개띠더구만, 앞으로 우리 말 놓자/(앞으로라고? 이미 말 놓고 있으면서…)/'취업 공고판 앞에서' 쓴 박영근 시인이우?/맞어/(근디, 같은 오팔 년 개띤디 왜 이렇게 늙었다?)/(…중략…)/취기 잔뜩 오른 박영근부터 귀가 시켜야 할 것 같아/택시 기사한테 택시비 주며 인천 집까지 단단히 부탁했는데/얼마 지나지 않아 부르르 떠는 손전화/운전기사 겁박해 돌려받은 택시비로 신촌에서 술 마신다는/박영근의 무용담 전한다/술 취하면 밤이고 낮이고 전화하여 앞뒤 없이 미안타더니/그날은 하나도 안 미안해했다/그나마 저세상 간 뒤론 전화 한 통, 없다

　　　　　　　　　　　　　　　　　　　　　- 졸시 '박영근을 만나다' 부분

맑은 어느 봄날, 방구석에 처박혀 밀린 일을 하는데 박영근 시인의 전화가 왔다. 사람 그리워하는 목소리였다. 사람이 사람 그리워하는 건 당연지사인데도 나는 쉽게 뛰쳐나가지 못했다. 숨

넘어가게 해도 끝나지 않을 일이 나를 기다리고 있었기에….

그는 언제나 급할 것 없다는 투로 시를 쓰고 술을 마셨다. 어쩌면 하늘로 빨리 가야 하기에 일부러 서두르지 않고 되레 느긋해 했는지도 모른다, 는 생각이 요즈막에 든다. 다른 사람 같았으면 시간이 없다고 더 서둘렀을 텐데….

박영근 시인이 느릿느릿 시를 썼다고, 시 속의 현실이 절박하지 않은 게 아니었다. 그러나 그는 현실이 절박하면 절박할수록 더 서두르지 않았다. 지금은 그가 시를 쓰던 시대보다 훨씬 더 절박하다. 현실의 일을 시로 숙성 시키고 있을 시간이 없다. 박영근 시인도 자기가 겪은 시대가 가장 절박했으리라. 그의 시를 보면 알 수 있다. 그가 세상을 떠난 지 10년이 되었지만, 그의 시가 현재성을 지니고 있다는 건 어떤 면에선 불행이다. 그만큼 그는 시대에 맞서 뜨겁게 살다 갔다. 박영근 시의 현재성. 그걸 알기에 그의 10주기 추모일에 많은 사람이 모이고, 그의 전집이 두툼하게 출간(실천문학사 펴냄)될 수 있었다.

사람은 누구나 자기 시대를 '저주'하면서 살기 마련이다. '저주'하면서 성질이 급한 사람은 저세상으로 빨리 가기도 한다. 이 세상에 '안주'하는 사람은 바삐 다른 세상으로 가지 않는지도 모른다. 시대를 저주만 할 것이 아니라, 그에 맞는 속도를 책으로 어떻게 담아낼 수 있을 것인지를 생각해보는 자리가 필요하다.

아이들의 읽을거리

미국의 소설가 헤밍웨이는 좋은 글을 쓰는 데에 필요한 것 가운데에 하나로 '불행한 유년 시절'을 들먹였다. 하지만 유년 시절을 불행하게 보내는 건 그야말로 '불행한 일'이다. 내 개인적인 생각으론 글을 못 써도 좋으니 제발이지 세상의 아이들이 불행을 경험하지 않았으면 좋겠다!

이른바 '베이비 붐' 세대라 일컬어지는 우리 또래의 불행은 무엇보다도 배고픔이었다. 보릿고개의 막바지를 겪은 세대라 있는 집 아이든 없는 집 아이든 다 똑같이 허기에 늘 허덕대었다. 다음으로는 어른 못지않게 해야 하는 노동! 나를 두고 볼 때, 학교 가기 전에 배추밭에 물을 주고 가는 정도는 아주 쉬운 일이었다. 내 등짝에 딱 맞게 맞춰진 지게로 보리 서너 뭇을 져 나르고, 리

어카로 벼 서른 뭇을 실어 나르던 노동. 그뿐인가 방학 때면 담뱃잎을 따거나, 양파를 캐서 오일장에 내다 팔아야 했다. 우리 집은 그래도 나은 편이었다. 아버지가 교원으로 '봉급쟁이'였기 때문이다. 고정 수입 없이 부모가 전업 농사꾼이었던 동무들의 삶은 더 힘들었다.

그러나 그런 시절을 겪었다고 다 좋은 글을 쓰는 건 아니다. 더더욱 지금 아이들에게 그 시절의 어려움을 겪게 하고 싶지도 않다. 세상일은 직접 체험해봐야 아는 것도 있지만 대부분은 간접 체험으로 안다. 간접 체험으로 하기 가장 좋은 건 책 읽기이다. 지금 아이들은 간접 체험으로 부모 세대 내지 조부모 세대의 일을 안다. 공감 능력이 뛰어난 아이들은 더욱 자신이 겪은 일처럼 새긴다. 하지만 대부분의 아이들에겐 자신과 상관없는 '옛날 이야기'일 뿐이다.

아이들에게 책을 읽히려는 이유는 여럿이다. 그 가운데에 하나는 공감 능력 배양도 있다. 책을 읽으면서 지은이나 등장인물의 삶이나 의도에 공감하는 능력을 기르는 일이 중요하다. 물론 비판하거나 배척하기도 한다. 공감하든 비판하든 배척하든 일단 책을 읽어야 가능하다.

어린 시절에 동화를 읽으면 사는 동안 어떤 상황에서 그 동화의 이야기나 등장인물을 불러와 힘을 얻기도 한다. 어린 시절 읽는 동화가 어른이 되어서 읽는 소설보다 더 중요한 이유가 여기 있다. 그런데 동화보다 더 재미있는 게 도처에 널려 있다. 이는 어른도 마찬가지이다. 특히 '스마트폰'이라고 하는 전화기에 아이고 어른이고 할 것 없이 다들 빠져 있다. 심지어는 죽어가는 아이가 무덤 속에 같이 묻어 달고 한 물건이 스마트폰이기도 했다.

올해는(2017년) 마침 창비 아동 문고 발간 30주년이 되는 해이기도 하다. 창비 아동 문고가 나오기 전엔 어린이책이 단행본이 아닌 전집류 출간이 대세였다. 그러나 전집류는 장식용으로, 혹은 부모들이 자식에게 책을 사주었다는 위안용(?)으로 많이 작용했을 뿐 아이들의 독서 욕구를 채워주지는 못했다.

없는 것 빼곤 다 있었다!

내 어린 시절인 1960~70년대 농촌 마을의 구멍가게엔 웬만한 물건들이 다 진열되어 있었다. 나중에 상급학교 진학을 위해 도회로 나왔는데, 도회의 구멍가게도 별반 다르지 않았다. 구색을 갖추기 위해 손님이 찾을 만한 물건은 한두 개씩 다 진열하였다. 비록 먼지를 흠뻑 뒤집어쓴 채 오래오래 가게의 진열대에서 잠을 자고 있을지라도…. 그래서 그 시절을 산 사람들은 그 당시의 구멍가게엔 '없는 것 빼곤 다 있었다'고 기억한다. 얼핏 들으면 말장난 같지만!

최근에 만난 어떤 분(나이가 좀 드신)은 당시 시골 면소에서 부모님이 구멍가게를 했는데 중매쟁이가 자기를 '백화점' 집 아들이라고 소개했단다. 그 말이 좀 과하다고 느껴서 중매쟁이에게 너무 허풍 치지 말라고 얘기했더니, 되레 중매쟁이가 맞지 않느냐고 했단다. 가게에 도회의 백화점처럼 온갖 물건이 다 있다면서….

대한민국엔 세계의 종교가 거의 다 들어와 있다. 그러나 국교가 없어 절대적인 종교는 없다. 또 나지 않는 광물이 거의 없단다. 그러나 경제성이 있을 만큼 많이 나는 광물은 몇 되지 않는단다. 가히 종교 백화점, 광물 백화점이라고 할 만하단다.

2, 30대를 보낸 1980~90년대. 그때 내 취미는 헌책방 돌아다니는 것이었다. 매캐한 최루탄 냄새가 남아 있는 거리를 걷다가 헌책방이 눈에 띄면 무작정 들어갔다. 대부분의 헌책방은 분위기가 거의 비슷했다. 백화점식으로 많은 책들이 산더미처럼 진열되어 있었다. 많은 책 가운데에서 내가 원하는 책을 찾기란 쉽지 않았다. 그때그때 즉흥적인 판단에 의하여 손이 가는 책을 빼어들고 값을 치른 뒤 '업어'와야 했다.

한 해 두 해 헌책방을 돌아다니다 보니 나름대로 헌책방을 보는 눈이 생겼다. 기왕이면 내가 원하는 책이 있는 책방으로 바로 가자! 그래서 어느 책방은 문학책이 많고, 어떤 책방은 역사책이 많고, 어떤 책방은 과학책이 많고, 어떤 책방은 잡지가 많고, 어떤 책방은 정부 부처에서 제본한 책이 많고 하는 식으로 책방의 성격과 특성을 규정(?)하였다. 한때 지역에서 나오는 잡지에 꽂혀 광주의 '예향', 부산의 '동녘', 강원도의 '태백' 등, 철 지난 잡지들을 특정 헌책방에서 수집한 경험이 새롭다.

　헌책방이 저마다 특성이 있었던 건 사실 책방 주인의 취향에 따른 책 수집 내지 진열이었을 터. 하지만 점차 내 발길은 주인의 취향을 좇아갔으니…. 그때 광화문에 있던 '공씨책방'을 자주 찾았던 건 주인(공진석)이 내가 찾는 책을 바로 알려주어서였다. 그는 자신의 책방에 있는 책을 다 파악하고 있는 것은 물론 손님의 취향에 맞는 책을 미리 준비해놓고 연락하기도 했다. 그래서 정호승(시인), 박원순(변호사), 이문재(시인), 김종성(소설가), 김학민 (학민 출판사 대표), 남재희(서울신문 논설위원) 등 많은 이들이 단골로 드나들었다.

　지금 책방 주인의 취향이나 책 손님의 취향을 배려한 서점들이 속속 문을 열고 있다. 이번엔 헌책방이 아니라 새 책방이다. 굳이 헌책방 새 책방 따질 필요는 없겠다. 아무튼 상당히 고무적인 일이다. 전문서점, 독립서점이라고 할 수 있는 새로운 서점 형태는 대형서점처럼 책을 백화점식으로 진열시켜놓고 책을 상품으로 파는 것이 아니라 책을 매개로 주인과 손님이 새로운 만남을 갖는 곳이다.

곧 또 만나기로 했는데…

사람이 나고 죽는 것은 자기 마음대로 되지 않는다지만 '공씨 책방'의 주인장 공 선생님의 갑작스런 떠남은 너무나 어처구니 없는 일이었습니다. 뭐가 그리도 급해서 사 오시던 옛 책(공 선생님은 '헌책'이라는 말을 쓰지 않으셨다!) 보따리를 가게에 들여놓을 새도 없이 가버리셨는지, 마지막 가시는 길까지 자기의 손에 책을 쥐고 가실 만큼 책을 좋아하신 당신, 공 선생님!

이런 글을 제가 왜 쓰고 있어야 합니까?

곧 또 만나기로 했고, 아무 때라도 전화를 걸어오실 것만 같은데… 이젠 책방에 들러도 공 선생님의 손길이 몇 번은 갔을 책들만 축 늘어진 듯 눈을 내리깔고 책장에 힘없이 꽂혀 있을 뿐, 사진도 아직 그 자리에 그대로 걸려 있는데, 정작 당신이 앉아 계시던 자리엔 묵은 잡지들만이 주인 없는 공간과 시간을 지키고 있습니다.

자기의 책방에 진열된 책은 반드시 그 내용을 읽어보고서야 서가에 꽂아 놓을 만큼 자신의 직업에 대해 철저한 책임감과 자부심을 갖고 계시던 공 선생님. 어제 신림동 '공씨책방'의 그 쓸쓸한 자리를 다시 둘러보고 돌아와 붓을 듭니다. 너무나 멀리 가버리셔서 오히려 실감이 나지 않는, 그렇지만 돌이킬 수 없는 사실이 되어 버린 공 선생님과의 이별. 저로선 요 근래의 기억 몇 토막을 소박하게나마 그려 봄으로써 애써 슬픔을 삭여 볼까 합니다. 밤 10시 넘어서 걸려 오는 전화는 늘 공 선생님 목소리이셨다.

"박 선생, 나 한잔하고 있어요. 골뱅이 하나 까서…."

가게 문을 닫고 가게 안에 혼자 남으시면 책 숲 사이에서 하루의 피로를 소주 한잔에 털어버리기나 하듯 밤늦게 술을 드시다가 나에게 문득 전화를 거시는 거였다. 더구나 광화문 책방이 재개발로 인하여 금년 안으로 문을 닫게 되어 옮겨갈 마땅한 장소를 찾지 못하고 있던 터라 돌아가시기 몇 달 전엔 늘 상심해 하셨고, 그 울적한 기분은 전화선을 타고 내게도 가끔 전달되었다.

"혼자서 이렇게 술을 즐기니 문제는 문제야. 술은 고독하게 먹으면 안 되는데…. "

20년 가까이 차이지는 세월을 넘어 공 선생님은 나에게 다정한 친구처럼 자신의 고독을 은밀히 넘겨주시기도 하고 때론 스무 살 안팎의 청년 같은 뜨거운 열정을 보여주시기도 했다. 그런데, 평소에 크게 이렇다 할 건강상의 문제는 없어 보였는데 그렇게 쉽게 가버리시다니!

한동안 믿어지지가 않았다.

병원에 잠깐 입원을 하셨다지만 못 견딜 정도로 어디가 아파서 그런 게 아니고 건강 점검을 위한 것이었다는데…. 돌아가시기 며칠 전에 광화문 '공씨책방'에서 두서너 차례 만나 몇 시간씩 문학 얘기를 하고 또 유난히도 요즘 들어 다시 소설을 써보겠다고 벼르셨는데, 책을 사 오다 책을 품고 쓰러지셨다는 소식을 듣고 정말 아연해질 수밖에 없었다.

금세 또 만나기로 했고 자신한테 문학적 자극 좀 달라고 늘 그러셨는데…. 인생무상! 더 이상 무슨 말이 필요하리요.

이미 시사 잡지 '신동아'의 논픽션 부문 당선 경력으로 글쓰기를 계속해 오신 논픽션 작가이셨지만 반드시 좋은 소설 한 편을 써야겠다고 벼르셨다. 난 또 쓰시면 꼭 읽어봐 드리마고 약속까지 했다. 소설의 소재까지 내게 들려주시고 작품 가치가 있겠느냐고 소년 같은 눈빛으로 나의 의견을 구하던 당신! 그런데 꼭 그 소설 구상 속의(그 소재는 실화였다) 이야기처럼 당신 자신도 가버리셨으니 소설을 쓰신 게 아니라 소설같이 살아버린 당신!

돌아가시기 한 달 전쯤부터 유난히(결과가 이렇게 되어서가 아니다) 죽음 얘기를 자주하시더니 이렇게 가시려고 그랬는지….

서울대 앞 신림동에 책방 분점을 낸 지 얼마 안 돼서 신림동 가게에 들렀는데 50평 매장이 썰렁할 정도로 손님이 없어 혼자서 소주잔을 기울이고 계시다가 나에게 굳이 한잔하자며 시작한 얘기가 끝이 없었다. 이곳이 책방이 아니고 차라리 이 공간이 개인 서재였다면 더 좋았을 것을, 그러면 더 술맛도 날 거야 하시면서.

그리고 며칠 지나 다시 들렀더니 역시 혼자서 우두커니 앉아 자칭 '거미의 고독'을 씹고 계셨다. 거미줄을 쳐놓고 먹이가 될 날벌레를 기다리는 거미와 같은 처지, 그때의 자기 심정을 꼭 그렇게 표현하셨다. 자기가 아무래도 서울대생들을 짝사랑한 것 같다고. 그래도 소위 국내 최고의 대학이라고들 해쌓는데 국내 최고의 옛 책방이 이렇게 썰렁해서야 되겠느냐고. 하루 종일 가야 책 한 권 팔지 못하고 지나는 날이 많다면서….

광화문 가게는 곧 헐릴 예정이어서 여기다 분점을 내 먼저 장사를 해보고 그런대로 장래성이 있으면 아주 이쪽으로 옮겨 볼 생각까지 했는데, 건물 임대료며 관리비며 모두 그대로 빚이 되고 있었으니….

그 심정 오죽했으랴. 난 집이 그 근방이고 해서 저녁마다 늘 들르게 되었다. 책을 좋아하는 사람으로서 책 냄새 자체가 좋아

또 이미 책을 닮아 있는 공 선생님의 인간적 면모에 나도 모르게 끌려들어서.

그러던 어느 겨울밤, 책 손님은 오지 않고 어둠은 일찍 깔리고 하여 공 선생님은 책방 문을 일찍 걸어 잠그셨다. 마침 그날은 단골이신 손님 한 분까지 오셔서 우리들 셋은 문학을 비롯한 각종 예술로부터 정치 얘기까지 끝 간 데 없이 이야기를 했다. 그러다 한 잔씩 얼큰해지자 그 넓은 50평 매장에서 책들을 관객으로 앉혀 놓고 노래에 시조를 밤새 부르고 읊조렸다.

원래 술을 많이 마시지 않는 나로선 두 분 어른들의 소년 같은 멋에 취해 그저 그 분위기가 좋기만 하여 술을 별로 마시지 않고도 같이 취했다. 공 선생님의 노래는 낭만주의풍의 외국 가곡에 서부터 국내의 뽕짝 가요에 이르기까지 일품이셨고 특히 어학에 특기가 있는 터라 외국 가곡은 거의 그대로 원어로 불러 제끼셨다. 다시 태어나면 음악가가 되겠다고 하시던 당신, 아니면 시인!

인간의 영혼을 흔드는 건 음악이라고, 그리고 문학 중엔 시가 최고라고 하시던 당신.

지금 사십구재도 아니고 이렇게 추모의 념을 가지고 몇 자 끼적이고 있지만, 사실은 아직도 내겐 공 선생님의 인상이 너무나 강렬하고 너무나 어이없는 이별을 해 버려서 차일피일 미루다 붓을 들게 되었다. 그분이 만드신 '옛 책사랑'이 나의 책장에 몇 권 꽂혀 있는데 그 표지만 눈에 띄어도 눈물이 핑 돌아 아예 책을 보이지 않는 곳으로 치워 버릴 정도였으니까. 하지만 어찌하랴! 눈앞의 것을 치워버려도 마음속에 있는 것까지는 치워지지 않는 것을….

만남, 그러나 만나면 반드시 또 헤어져야 하는, 회자정리가 인간관계의 바탕이란다. 그렇다면 이별을 무슨 수로 말릴 수 있으랴! 그런데, 그런데 공 선생님이 남기신 마지막 원고 제목은 왜 하필 '회자정리'였던고!

시의 강세

최근 들어 시집이 제법 팔린다는 말을 늘 듣는다. 그래봐야 몇 몇 시집에 국한된 것이겠지만 사실인 모양이다. 실제로 시집을 상업 출판 하는 나라는 세계에서 대한민국이 거의 유일하다. 대부분의 나라에서는 시집이 자비출판이다. 시를 쓴 시인이 자기 비용으로 시집을 낸단다. 그래서 외국의 시인들은 대한민국의 많은 시인들이 출판사에서 인세를 받고 시집을 낸다는 것을 부러워한다. 게다가 가끔씩 베스트셀러가 되는 시집도 있는 곳이 대한민국이다.

시는 산문에 비해 어렵다. 짧은 글 안에 비유법 등 온갖 수사를 다 넣어 함축적으로 쓰니 어려울 수밖에 없다. 물론 함량 미달인 시는 다만 짧은 산문일 뿐이다. 시의 매력은 무엇보다도 짧은 문장이 지니고 있는 다의성일 텐데 쓰는 이나 읽는 이나 그런 것보다는 바로 와 닿으면 이해가 되면서 분량이 짧아 가독성도 좋다고 느끼는 점일 터. 그러기에 각종 행사에서 시를 낭송하기에 알맞다. 낭송시는 어려우면 안 된다. 바로 청중들이 알아들을 수 있어야 한다.

올해(2016년) 시가 강세였던(강세라고 느껴지는) 건 방송 매체에 시가 노출된 까닭도 있었고, 각종 SNS에 시를 인용하기에 좋은 까닭도 있었다. 이는 시가 그림이나 사진과 잘 어울린다는 특장을 가지고 있기 때문이다. 시집 전문서점이 등장한 것도 이런 환경 변화와 무관하지 않을 터이다.

놀자, 아주 많이 놀자!

'노세 노세 젊어서 노세, 늙어지면 못 노나니~'라는 노래가 있다. 근데 늙어도 노는 게 좋다. 다만 나이가 들면 나이에 맞는(?) 역할을 해야 하니까 놀 기회가 없어서 못 놀 뿐이다. 사람은 아이 때엔 가상현실인 놀이를 통하여 세상을 알아 가는데, 나이가 들어감에 따라 차츰 대결구조를 지닌, 승부가 있는 놀이를 해야 하므로 어른들은 놀이를 잊고 사는 게 아닌가 싶다. 생활 자체가 승부를 가르는 전쟁인데 놀면서까지 죽느냐 사느냐 경쟁을 해야 되겠느냐면서!

네덜란드의 역사가이자 철학자인 하위징아(John Huizinga 1872~1945년)는 일찌감치 '호모 루덴스(Homd Ludens/놀이하는 인간/1938년 간행)'라 하여 사람을 '생각하는 인간'이나 '도구를 사용하는 인간'이 아닌 '놀이하는 인간'이라고 명명했다. 그는 인간의 모든 행위를 깊숙이 파고들면 인간 행동 대부분이 단순한 놀이에 불과하다고 여겼다. 그래서 그는 '놀이'라는 개념을 분명히 하고 중요하게 자리매김했다. 문명은 놀이 속에서 발생하여 전개되었다고 생각하면서….

그런데 자본주의 시대가 되면서 사람들은 놀이를 잃어버렸다. 놀이보다는 일, 즉 노동을 더 중요시했다. 그래서 철학자 헤겔 같은 이는 자연을 상대로 인간은 노동을 함으로써 정신이나 문화를 만들어낸다고 했다. 자연을 상대로 하려면 인간은 자연스레 도구를 사용하게 된다. 도구를 사용하려면 생각을 해야 하고…. 그래서 인간은 '도구를 사용하는 동물이다'라거나 '인간은 생각하는 동물이다'는 개념이 생겼을 터.

자본주의가 깊어짐에 따라 인간은 놀고 싶은 욕망을 자제하면서 노동에 더 빠져든다. 사람들 스스로 일을 하지 않으면 사람 구실을 못 하는 것으로 자학하기도 했다. 주변 사람들도 일하지 않고 노는 이는 사람 취급을 하지 않았다. 즉 노동은 도덕적이고 사회적인 데 반해 놀이는 비도덕적이고 반사회적인 것이라고 많은 사람들이 여기게 되었다. 그런데 과연 그럴까?

'상대성 원리'로 잘 알려진 물리학자 아인슈타인은 '물리학자는 피터팬이어야 한다. 더 이상 자라선 안 된다'고 했다. 무슨 뜻일까? 놀이를 잃어버린 어른이 되면 호기심 같은 게 다 사라진다는 얘기이다. 칠레의 시인 파블로 네루다는 '나는 집에다 크고 작은 장난감을 많이 모아두었다. 모두 내가 애지중지 여기는 수집품이다. 놀지 않는 아이는 아이가 아니다. 그러나 놀지 않는 어른은 자신 속에 살고 있는 아이를 영원히 잃어버리며, 끝내는 그 아이를 무척이나 그리워하게 된다. 나는 집도 장난감처럼 지어놓고, 그 안에서 아침부터 저녁까지 논다.'고 말했다. 다들 놀이를 할 줄 아는 아이를 예찬하고 있다. 아이만이 놀 수 있다고 했다. 어른이 되면 자신 속의 아이를 잃어버려 놀 줄 모른다고 했다.

하여간 아이들은 놀 줄 안다. 그런데 어른들은 놀 줄 모른다. 지금 세상은 뭐든 놀이 개념이 들어가야 생산성이 높아진다. 자본주의의 역설이다. 잘 놀아야 생산성이 높아지다니!

2부

나와 책

'오빠, 안녕!'… 동화책 읽는 양녀

📖

얼마 전 탄 전철 안의 풍경이다.

앞자리 승객 모두 스마트폰에 머리를 박고 있다. 머리통에 꿀밤 한 대씩 안기고 싶을 정도로. 스마트폰 속엔 만화 정도가 아니라 그보다 더 재미있는 것들이 다 들어 있다. 게임, 영화, 노래 등등. 스마트폰 자체도 재미있는 물건이고….

양녀 하나가 옆자리 한인녀와 이야기를 나누고 있다. 들리는 소리를 간추려보니 양녀는 어느 대학에서 한국어 연수 중이고, 한인녀는 간호사. 둘은 처음 만난 사이. 한국어를 익히기 위해 누구에게나 말을 거는 양녀.

한인녀, 내리기 전 양녀 전화기에 번호 찍어주며 손을 흔들고 내린다.

양녀 무릎에 놓인 책이 낯익다.

양녀, 자꾸 나를 쳐다본다. 나, 애써 고개를 돌린다.

양녀, 자리에서 일어나 내게 다가와 책 표지를 펼치고 내 앞에 들이민다. 내 얼굴이다.

양녀가 들고 다니는 책은 내가 쓴 초등 저학년용 동화책.

양녀, 가방에서 필기구를 꺼낸다. 서명해달라는 뜻.

나, 시간에 쫓겨 바로 내려야 해서 서명해주지 못하고 '열심히 하세요!'라는 말만 건넸다.

양녀, 전철에서 내리는 나에게 '오빠, 안녕!' 했다.

나는 속으로 생각했다. '오빠라고? 아저씨가 아니고?'.

전에 전철에서 내 책 읽는 사람을 발견하면 다른 칸으로 얼른 옮기고 말았다. 민망해서….

마침 어제 읽은 문학 지망생 작품 제목이 '오빠'였다. 묘한 기분이 들었다!

악마 사전

　나는 사전을 좋아한다. 그래서 웬만한 사전은 다 갖추어놓고 틈만 나면 들여다본다. 시골 학교 교원이었던 아버지가 학교에 온 책 장사한테서 월부로 들여놓은 학원사 판 백과사전(국내 최초?)을 뒤적거리며 놀았던 어린 시절의 기억이 또렷하다. 그때 소련 우주비행사 '가가린'이 앞 항목에 있어 무척 신기해했고, 을유사 판 국어사전에 '우케'가 나와 있는 것을 보고 농가에서 늘 쓰던 말이 사전에 있어 이 또한 무척 신기해했던 기억도 또렷하다. 그래서 강연 시 어렸을 때 감동 깊었던 책이 뭔가라는 질문을 받을라치면 사전을 가장 앞길에 둔다. 그다음엔 '선데이서울'과 '새 농민'이라는 잡지.

　나만 사전을 좋아했는가 싶어, 내 취향이 좀 이상한 것 아닌가 싶어 한동안 남에겐 얘기하지 않고 어려서 읽은 중국 고전을 들먹였다. 특히 '당송팔대가' 시문. 근데 아르헨티나의 소설가 보르헤스도 백과사전을 좋아했다는 걸 알고 동지를 만난 것 같아 흥분했던 기억이 난다. 그는 브리태니커 사전의 아무 페이지나 펼치면 질서정연하게 정리된 우연한 질서가 좋았단다. 우연한 질서야말로 판타지!

보르헤스는 사전의 무질서한 듯한 질서 정연함이 좋다고 했으며, 그의 환상 소설도 그런 원리에 기반을 두었다는 평가도 있다. 어떤 항목과 관련된 단편적인 지식이 다 망라된 사전. 보르헤스 연구자들은 그런 사전의 기술 방식과 보르헤스의 문체가 닮았다고 여기기도 한다. 나중에 브리태니커 사전 국내본이 나왔을 때 거금을 들여 그 사전을 서재에 들여앉혔다. 나로선 너무나 당연한 일이었지만 가족들에겐 한 달 생활비였으리라.

어렸을 때부터 사전을 좋아했기에 국어사전, 백과사전, 속담사전, 옥편(한자 사전) 등은 기본으로 읽고, 자라서는 지명 사전, 식물 사전, 문학 용어 사전. 의학 사전 등 '사전' 자가 붙은 거면 닥치는 대로 읽었다. 심지어는 저승 사전도 읽었고, 언젠가는 악마 사전도 읽었다.

요즘 내 식으로 악마 사전을 집필해보고 싶은 욕구를 느낀다. 그런데 악마들하고 놀 여유가 없다. 예전엔 악마라고 하면 기독교의 사탄이나 불교의 마구니(마군) 위주로 들먹였는데, 요즘은 그런 악마 말고도 도처에 악마가 넘친다.

마르크스가 공산당선언을 쓸 때 '지금 유령 하나가 유럽을 배회하고 있다. - 공산주의라는 유령이'라고 했다. 그런 식으로 표현하자면 '지금 악마 여럿이 한국을 배회하고 있다 - 부정부패 권력이라는 악마가'라고 할 수 있겠다.

악마 사전에는 어떤 항목이 들어갈까? 부정하게 권력 잡은 이들(이승만 대통령 때부터 기술하자면 상당히 길어질 듯하다.), 부패한 정치꾼, 기업가, 관료들(어떤 정치 무리의 차떼기당 때부터만 기술해도 상당히 길어질 듯하다.), 힘 있고 돈 있는 자들에게 빌붙어 살고 있는 사이비 언론 종사자들(친일 언론은 놔두고 자유당 때부터만 기술해도 상당히 길어질 듯!)

못 쓰겠다. 악마가 너무 많아 항목으로 올리자면 나머지 생을 다 바쳐도 못할 성싶다. 다시 4월 16일이다. 세월호 수장 사건에도 여러 악마가 개입했다. 가히 악마들의 각축전이라고 할 만하다. 그 악마들이 잊자고 한다. 지겹다고 한다. 다들 자신이 악마임을 '커밍아웃'하지 못해 안달이 난 성싶다.

한때 영어와 한문 번역으로 생계를 할 때엔 팔리어 사전, 의학용어 사전 같은 것도 구입해 심심할 때마다 펼쳐 보았다. 오래전, 일이 걸려 있던 출판사에서 소설가 이외수 선생의 책을 하나 내게 되었는데, 제목을 '감성 사전'으로 한다 해서 박수를 쳤던 기억도.

잡지 생각

1980년대는 가히 잡지 전성시대였다. 잡지가 신문의 표피적인 기사보다 훨씬 더 깊이 있는 읽을거리가 많았기 때문. 가판대에서, 지하철에서 신문을 팔던 시절. '신문팔이'라는 말이 낯설지 않던 시절. 그때 대통령 후보였던 김머시기 씨는 어느 시사 잡지의 기자가 요즘 책 많이 읽느냐고 묻자 '신문 열심히 읽는다'고 해서 실소를 자아내기도 했다. 최소의 독서 행위는 신문보다는 잡지였던 시절. 근데 대통령'씩'이나 나오려고 한 사람이 잡지 전성시대에 잡지도 보지 않았다니.

잡지 전성시대였으니 당연히 군사 정권은 잡지를 탄압했다. '뿌리 깊은 나무', '창작과 비평', '문학과 지성' 등 많은 잡지가 군사 정권에 의해 폐간되었다. 이런 게 비정상. 근데 그때로 돌아가는 게 '비정상의 정상화'라고 하는 정치 집단이 있다.

잡지가 폐간되자, 책과 잡지의 형태를 같이 갖춘 '무크'지가 나왔다. 필요는 역시 발명의 어머니! 잡지를 못 내게 하자 무크지로 대체 했다. 이젠 무크지 전성시대. 그땐 전성시대가 많았다. '영자의 전성시대'이기도 하고 '시의 전성시대'이기도 했다. 무크지로 문단에 나온 시인들도 많다.

일정 시대엔 3호 잡지라는 말이 유행했다. 3호 내고 종간하는 잡지가 많았기 때문이다. 잡지 전성시대였던 시대에도 잡지 내기는 만만치 않았다. 오죽하면 미운 놈 있으면 잡지, 특히 문학 잡지 내라고 하면 된다는 말이 있었을까?

지금도 잡지 전성시대인가? 한 달이면 내게 배달되는 잡지가 여남은 종은 족히 넘는 것 보면 신기하다. 뭐든 안 해본 게 없는 전 청와대 입주자 이머시기 씨의 화법대로 하면, '내가 잡지 일을 해봐서 아는데', 아무리 잡지가 잘 된다고 해도 잡지 자체는 적자를 면하기 어렵다. 잡지의 심층 기사를 읽고자 하는 독자의 요구를 외면하지 못하고, 잡지를 단행본의 얼굴로 내세운 출판사가 많아 잡지 발행이 그치지 않을 뿐.

월간 '학교도서관저널'이라는 잡지가 있다. 제호 그대로 학교도서관에 관한 잡지이다. 그 잡지의 창간을 준비하고 있던 한국출판 마케팅연구소의 한기호 소장을 비롯 몇몇 지인이 밥 한번 먹자고 하여 광화문에서 만나 밥 한 끼 먹은 게 잡지 기획위원으로 끌려들어 간 계기(밥 함부로 먹을 일 아닌 듯)이다. 초기에 나는 소설도 1년간 연재하고 이런저런 글도 썼다. 기왕 이렇게 된 것(역시, 이머시기 씨 화법!) 그때 나는 이런 잡지는 절대로 3호 잡지로 끝나서는 안 된다고 했고, 최소한 3년만 견디면 저절로 굴러갈 것이라고 장담했다. 2014년 1, 2월 호가 40호이니(방학 땐 두 달을 합쳐 합본 호로 낸다) 진즉 3년을 훌쩍 넘겼으니 이젠 저절로 굴러가야 하는데, 아직 힘들다. 중간중간 우여곡절이 많았지만, 후임 기획위원들과 주간을 비롯 직원들, 그리고 발행인의 눈물겨운 '고투'로 결호 없이 지금까지 이어졌다.

책이 모여 있는 도서관, 그것도 학교도서관. 도서관 잡지이니 무슨 말을 하겠는가? 결국 책 이야기 아닌가? 책을 읽자는 이야기…. 김머시기 대통령은 머리는 남에게 빌려도 건강은 남에게 못 빌린다며 책 읽기보다는 '조깅'을 즐겼다. 자기 머리로 생각을 안 한 그는 재직시에 IMF 구제금융 사태를 불러 일으켜 대한민국의 모든 사람을 힘들게 했다. 책은 무엇보다도 자기 머리로 생각하게 해준다. 자기 머리로 생각하려면 책을 볼 일이다. 자기 머리로 생각할 수 있게 도와주는 책. 책 읽기를 도와주는 책. 학교도서관저널.

어려서 가장 재미있게 읽은 잡지는 '새 농민'과 '선데이서울', '새 농민'은 지금 '전원생활'이라는 도시인 대상의 제호로 바뀌었으니, 이젠 새 농민은커녕 헌 농민 잡지도 아니다. '선데이서울'은 진작에 폐간되었고. 하긴 '선데이서울'의 기사보다 더 이상 야릇한 기사가 인터넷에 더 많다. 근데 그런 잡지도 '내 머리로' 생각하며 사는 데에 무익하진 않았다. 나쁜 책은 없으니까.

달 봤다아

이번 정월 대보름엔 날씨가 흐려 보름달을 보지 못했다. 그래서 소설 '혼불(한길사 펴냄)'에서 소설가 최명희 선생이 달을 묘사한 게 떠올라 '혼불'을 뒤적여 찾아냈다.

(…) 이 온 세상 삼라만상과 우주 공간의 음 가운데 무엇보다 으뜸가는 음이어서 태음(太陰)이라 하는 달은, 구만리 장공에 아득한 뭇별같이 멀리 있지도 않고, 감히 눈 들어 마주 쏘아볼 수 없는 태양만큼 휘황한 위용을 떨치지도 않으면서, 지상에 손 닿을 듯 가까이 떠 어둠 속의 인간을 고요히 비추어 준다,

머리 위에서 비추이는 그달의 숨결에 조응하여, 땅은 아침저녁 들고 나는 밀물과 썰물로 조석 간만의 호흡을 털끝만치도 빈

틈없이 서로 맞추니, 달이 큰 숨을 내쉬면 땅은 그 숨을 받아 들이쉬어 거대한 바닷물을 육지로 힘껏 빨아당기고, 달이 숨을 들이쉬면 그 인력에 땅은 또 숨을 크게 내뱉어 밀려왔던 바닷물을 저 멀리 세상의 바깥으로 토하여 낸다.

하루에만 그러한가. 한 달을 두고 보더라도, 달이 크고 작은 것에 따라 바닷물 또한 불어나고 줄어들어 그 물높이가 달라진다.

그래서 서쪽 하늘에 반달이 뜨는 상현의 초여드레와 동쪽 하늘에 반달이 뜨는 하현의 스무사흘날이면, 조각달처럼 바다의 수면도 깎이어 조수(潮水)가 나지막이 내려앉았다. 물이 가장 적은 때인 것이다.

"동반 달·서반 달 뜰 때가 조금[潮減]이다."
라고 사람들은 말했다. (…)
– '혼불' 5권 가운데에서…

내가 다닌 향리의 중학교 앞이 예전에 바닷물이 들어오던 곳이어서, 조금 때만 되면 물난리가 났다. 그래서 마을 이름이 '조금 난리'였는데 이름이 좀 '거시기' 해서 '조금리'가 되었다. 하지만 사람들은 여전히 '조금난리'라 불렀다.

최명희 선생은 달이면 달, 연이면 연, 노비면 노비, 마을 풍경이면 풍경 어느 것 하나 허투루 묘사하지 않았다. 생전에 들은 바에 따르면, 이름 없이 살다 간 노비의 이름을 소설 속에서라도 불러주어야 신원이 될 것 같았단다. 그래서 전국의 도서관을 뒤져 노비 매매 문서를 찾아내 노비 이름을 쓰기도 했다니, 참 … 또 연을 묘사하기 위해서는 창호지와 대나무로 직접 연을 만들어 보고 나서 묘사를 했단다. 그래서 소설 '혼불'은 가히 풍속사라 할 만하다.

그는 타자기나 컴퓨터로 글을 쓰지 않고 오로지 만년필로 썼다. 그래서 '… 나는 원고를 쓸 때면 손가락으로 바위를 뚫어 글씨를 새기는 것만 같다. 날렵한 끌이나 기능 좋은 쇠붙이를 가지지 못한 나는 그저 온 마음을 사무치게 갈아서 생애를 기울여 한 마디 한 마디 파나가는 것이다.'고 하셨다.

그의 달 묘사는 몇 쪽에 걸쳐 있다. 나로선 도저히 흉내 낼 수 없는 글쓰기이다.

삶에 하나의 정답이 있는가?

한때 '인생 뭐 있어?'라는 말이 유행했다. 다분히 허무적인 속내를 지니고 있는 말. 그 말대로 하자면 산다는 건 인생이 별거 아니라는 걸 확인하는 것이리라. 더구나 이제 기계가 인간이 하던 일을 많이 대체할 것이라는데, 그러면 사람은 뭐하지?

머잖아 기계가 인간이 하던 일을 대신하는 시대가 올 거라고 많은 사람들이 예측한다. 알파고와 이세돌의 대결을 보자. 바둑도 기계가 대신 두는 세상 아닌가! 과도적으로 단순히 기계적인 일을 하던 직업은 없어지기도 할 터. 그래서 많은 사람이 걱정을 한다. 근데 너무 걱정하지 말자. 기계적인 판단을 요하는데 오히려 인간의 자의적인 판단으로 잘못된 정보를 제시했던 직업이 먼저 없어질 것 같으므로.

　나이 들어보니 삶은 절대로 하나의 정답 찾기가 아니더라. 그럼 삶은 무엇인가? 삶은 오로지 좋은 질문을 하는 것. 그래서 소크라테스는 문제 속에 해답도 있다고 했으며, 톨킨은 해답은 문제 옆에 있다고 했다. 베르그송은 좋은 질문 속엔 해답도 같이 있다며, 철학은 질문으로 구성되어 있다고 했다. 같은 말투로 얘기하면 삶도 질문으로 구성되어 있더라! 삶은 하나의 정답 찾기가 아니더라!

　그런데 각급 학교에서 배우는 교과서는 좋은 질문을 하도록 구성되어 있지 않다. 교과서는 오로지 하나의 정답만을 요구한다. 그래서 교사는 하나의 정답만을 가르치고 학생은 하나의 정답만을 달달 외운다. 그런 습관이 몸에 배어 학교를 나오면 대부분이 절망한다. 인생은 교과서에서 배운, 하나의 정답 찾기가 아니기에!

　'인공지능 시대의 삶'(한기호 지음/어른의 시간 펴냄)은 지금, 또 앞으로 사람이 뭘 해야 하는지를 밝히는 책이다. 답 찾는 일은 인공지능을 갖춘 기계에게 맡기고 인간은 다른 일을 하자는 것. 인공지능은 답 찾기에 적당하다. 인간이 답이 될 만한 여러 가지 정보와 지식을 입력하면 인공지능은 그것들 가운데에 최선이 되는 것을 모색하여 제시해준다. 그러니까 답 찾는 일은 인공지능에게 맡기고. 사람은 이제라도 좋은 질문을 해야 할 터이다. 근데 좋은 질문을 하자면 어찌해야 할까? 책을 읽어야 할 것이다!

대학도, 직장도 붕괴되는 현실이다. 그런 현실을 살아가자면 젊어서 한번 배운 것으로 평생 살 수 없다. 평생 동안 '진짜' 공부를 해야 한다. 진짜 공부? 그건 책 읽기다! 책을 읽는 자는 계속 좋은 질문을 하며 살 것이므로. '인공지능 시대의 삶' 저자는 출판 잡지 하나(기획 회의), 독서 운동 잡지 하나(학교도서관 저널)를 수년 동안 펴내고 있다. 일찌감치 책 읽기의 중요성을 간파하고 출판과 독서 환경에 관심을 쏟아부었다.

요즘 유행하는 말로 하자면, 그는 늘 기승전 '독서'이다. 나도 무슨 말을 하든 결론은 책을 읽자며 맺는다. 그와 나는 살 만큼 산 58년 견생(犬生)이다. 그래서 산 만큼 잘 안다. 삶은 질문으로 구성되어 있다는 것을. 그리고 좋은 질문 속에는 답도 같이 있다는 것을. 그리고 좋은 질문을 하려면 책을 읽어야 한다는 것을! 그리고, 그리고, 때 되면 죽어야 한다는 것까지. 하여간 그날까지 사람은 질문을, 인공지능은 답을!

내 책은 안 쓰고
다른 사람 책만 읽고 말았다

추석 명절 연휴 마지막 날인 오늘, 김수영 시인의 시 '그 방을 생각하며'의 첫 구절인 '혁명은 안 되고 나는 방만 바꾸어버렸다'가 자꾸만 변주되어 되새겨진다. '내 책은 안 쓰고 다른 사람 책만 읽고 말았다'로.

고향 집에도 가지 않고 밀린 원고 작업을 '세게' 하려고 했는데 작정한 대로 되지 않았다. 약속은 깨지기 위해서 존재한다는 말투로 하자면, 내 계획은 무너지기 위해서 존재했다.

연휴 동안 쓰다만 소설 두 편 마무리 하려고 했는데 그러지 못하고, 자잘한 원고만 쓰고, 그간 밀린 책만 읽었다.

먼저 상주에 사는 황구하 시인의 산문집 '바다로 가는 나무(시와에세이 펴냄)'. 전에 그의 시집 '물에 뜬 달(시와에세이 펴냄)'을 읽어서 그의 필력은 알고 있었지만, 시와는 또 다른 산문의 맛이라니! 글마다 조곤조곤 풀어내는 그의 입담이 좋았지만, 내 고향 진도와 인연이 깊은 조선 중기의 문인 소재 노수신 이야기는 특히 내 눈길을 끌었다. 황구하 시인의 석사 논문 졸가리가 '소재 노수신의 심학'이었고, 진도 답사도 했다 하니 더욱!

노수신은 정통(?)유학을 숭앙하던 조선시대에 양명학을 연구하여 이른바 '좌파'가 되어 진도에서 19년이나 유배 생활을 한 인물이다. 진도에 그를 제사 지내던 봉암서원이 있었다지만 어딘지 잘 알 수 없고, 상주의 도남서원에 그가 배향되어 있다는 소식만…. 십수 년 전에 도남서원에서 강연을 한 인연도 있다. 상주는 상주여고를 비롯해서 몇몇 학교와 도서관에 다녀오기도 했지만, 무엇보다도 상주 출신의 글쟁이들인 극작가 우봉규, 시인 김주대, 소설가 성석제 모친, 국어 교사 임재수 선생, 책 읽기의 고수 박균호 선생과의 인연을 빼놓곤 기억할 수 없다.

소재 노수신의 진도 생활은 '옥주이천언'에 담겨 있다. 옥주는 진도의 옛 지명이다. 진도에선 그를 진도 개화지조(開化之祖)라 일컫는다. 그만큼 유배 생활 동안 낙후된 진도의 예속이나 청소년들의 교육 등에 신경을 썼다는 얘기. 그러나 그도 조선시대의 한계를 갖고 있을 수밖에 없었으니.

유배 기간 동안 우 씨 여인과 두 번째로 결혼하여 3남 1녀를 낳았으나 노 씨 족보에 올리지 않은 것은 물론(나중에 400년쯤 흘렀을 때에야 겨우 올랐단다), 유배가 풀려 돌아갈 때도 자식이고 아내고 아무도 데려가지 않았다. 후처 우 씨에 대한 노수신 자신의 표현은 '종'이었다.

다음으로 손이 간 건 정우영 시인의 시집 '활에 기대다(반걸음 펴냄)'.
'불효의 더위팔기'라는 시편을 읽을 땐 오래전 '시에티카'인가 하는 잡지에서 읽은 정 시인의 아버지에 대한 산문을 보는 느낌. 그때 그의 산문에서 아버지를 보는 듯한 느낌을 받았는데, 이 시에서도 같은 느낌을 받았다.

새벽에 아버지가 다녀가셨어요, 누님. 아무 말씀도 없이, 몸은 좀 어떠신가? 하는 눈빛 물고 계셨어요. 아버지의 낯선 존대가 맘에 걸려, 왜 그러세요, 아버지? 여쭙다가 잠 깨었지요. (…) 아버지 내 더위 사가세요, 내 더위, 아버지 더위 맞더위! 어쩌면 나는 더위가 아니라 병을 팔았는지도 몰라요. 이런 불효가 어디 또 있나 싶지요, 누님? 저는 이렇게라도 해서 예닐곱 튼실한 아들로

훌쩍 돌아가고 싶었어요. 돌아가서 한겨울 말짱한 몸으로 오래오래 재롱 피우고 싶었거든요.

- '불효의 더위팔기' 부분

이 시를 보면서 얼마 전에 끼적인 내 졸시 한 편이 떠올랐다.

이녁 먹을 것 챙기기도 힘든데/개 끼니까지 챙기려면 너무 힘들어서/검문도 해주고 재롱도 떨어주는 자식 역할 해주는/진돗개도 없이 노모 혼자 지키는 진도 고향 집/남도에 강연 있어 갔다가 들렀더니/노모, 나를 보며/'오메, 으짠다냐. 아들이 머리가 히케질 때까지 사네!'/그러면서/'올해 니 환갑이다….'/내가 회갑이라니?/나는 항상 어머니의 어린 아들인 줄 알았는데...

- 졸시 '회갑' 전문

그렇다. 자식은 부모한테 항상 어린 자식이고 싶다.

정우영, 그는 시인이다. 시인은 경제적으로 넉넉하지 않다. 물질을 최고로 치는 자본주의 사회에 시인은 맞지 않는 직업이다. 시인은 자본주의의 흠을 늘 꼬집는다. 그렇다면 자본주의에 맞는가? 자본주의는 물질을 최고로 치기에 역설적으로 시인이 더 필요하다는 생각이 든다.

(…) 메마른 숨결 힘껏 짜내어/모처럼 시 한 줄을 말았다./밥에게는 정녕코 미안한 노릇이나/이갈 밥값이라고 내어놓는다/가난한 영혼은, 허기라도 끄시라.

– '밥값' 부분

먹먹하다. 시인은 시를 쓰는 게 밥값이다. 근데 시로 밥을 사 먹게 충분한 돈을 살 수 있는가? 그래서 가난한 영혼들 허기라도 끄시라고 했다. 풍성하다고 하는 한가위에 이런 시를 읽었으니 글을 못 쓸 수밖에.

책을 좋아한다면서요?

1. 책의 재미를 느꼈던 때는 언제부터였나요?

초등학교 때. 시골 학교 교실 뒤쪽에 엉성하게나마 마련된 학급문고 형 도서관에서. 집에 일찍 돌아가면 고된 농사일이 기다리고 있어 집에 늦게 가려고 책을 읽기 시작했는데, 책의 묘미에 빠짐! 그때부터 행랑채에 있는 아버지 서가의 책들을 한 권씩 빼서 읽는 재미를 느꼈음.

2. 책 읽는 시간은 작가님께 왜 소중한가요?

운동, 잡기, 영화 구경, 휴대전화기, 인터넷 등 아무 취미가 없는 인간인지라 혼자만의 시간을 갖는 데 책 읽기만 한 게 없으므로…. 일단 책을 읽으면 내 머리로 생각을 하게 되어 좋습니다. 저자가 실마리는 제공하지만 내 머릿속에서 무한한 상상력과 검증 과정을 거쳐 마침내 (다른 사람의 책이지만) 완성 단계로 나아갑니다. 그래서 저는 책은 저자가 아니라 독자에게 가서 완성된다고 생각합니다.

3. 요즘 작가님의 관심사는 무엇이며 그 관심사와 관계하여 읽을 계획인 책이 있나요?

제 고향 진도에서 나고 자라는 진돗개에 관한 문헌들을 최대한 섭렵할 생각입니다. 우리 세대가 가고 나면 진돗개와 가족처럼 지냈던 경험들을 가진 사람들이 없을 것이기에.

그동안은 내 안에 있는 청소년을 살피고 그에 관한 이야기를 많이 풀어놓았습니다. 앞으로는 내 밖의 청소년, 특히 입양, 유기, 일탈에 빠져 있는 아이들 이야기에 관심을 가질 생각입니다. 관련 도서로 읽고 있는 책은 '나는 누구입니까(리사 울림 셰블룸/산하 펴냄)', '베이비 박스(박선희/자음과모음 펴냄)', '아니야 우리가 미안하다(천종호/우리 학교 펴냄)', '이 아이들에게도 아버지가 필요합니다(천종호/우리 학교 펴냄)' 등입니다.

4. 최근작과 관련하여, 독자들에게 하고 싶으신 말씀이 있다면 무엇인가요? (또는 책을 좋아하는 독자들에게 하고 싶은 말씀이 있다면)

가장 최근에 발표한 작품은 여섯 작가들이 함께 펴낸, 특별한 서재 출판사의 작품 모음집에 들어 있는 '파예할리'입니다. 파예할리는 '그래 가자'는 뜻의 러시아 말입니다 옛 소련의 우주비행사 가가린이 우주선을 탈 때 살아 돌아올지 모르는 상황에서 체념적으로 뱉은 말입니다. 저는 '그래 가자'를 대한민국의 여자 고등학생이 진로를 찾아가는 과정에서 다짐하는 말로 바꾸었습니다. 이때는 체념적인 투가 아니라 적극적으로 운명을 개척하는 말입니다. 자기 자신이 하고 싶은 일을 하겠다는 선언입니다. 그걸 우주여행과 맞먹는 일이라 여긴 것이지요!

5. 지금까지 인생 가운데, 가장 인상 깊게 읽은 책은 무엇인가요?

1. 안나 카레니나(톨스토이)　고등학교 때 처음 읽을 땐 유부녀가 바람피우다가 뜻대로 되지 않자 기차에 뛰어들어 목숨을 버린다는 정도의 이야기로 줄거리만 눈에 들어왔습니다. 그 뒤에 읽을 땐 러시아의 사회, 관료, 가정 등 여러 제도 등이 눈에 들어왔는데 몇 해 전에 다시 읽었을 땐 작가가 등장인물들의 심리묘사를 잘했다는 게 눈에 들어오더군요!

2. 아리랑(조정래)　지금 대한민국의 분단이니, 계급 갈등이니 하는 모든 문제는 일제 강점시대에 이미 시작되었다고 봅니다. 특히 일제에 붙어 같은 민족들의 고통을 헤아리지 않던 부류들이 차츰 내놓고 친일을 하면서 나라야 어떻게 되든 말든 적극적인 친일을 하며 자신들만 호의호식하면 그만이라는 모습이 적나라하게 그려져 있어, 일상에 안주하고 싶은 마음을 늘 깨워줍니다.

3. 코스모스(칼 세이건)　우주에 관한 책입니다. 많은 사람들이 자신과 우주의 관계에 대해서 한 번쯤은 생각해보았을 것입니다. 저자는 인간과 우주는 서로 긴밀하게 연결되어 있다고 봅니다. 인류 자체가 애초에 우주에서 태어났으니, 인류의 운명도 우주와 함께 할 것이라고 하지요. 과학책이지만 딱딱하지 않고, 문학적인 수사와 상상력이 잘 읽히게 합니다. 지은이의 구수한 입담을 따라 술술 읽어가다 보면 어느새 과학지식과 인문학적 상상력에 흠뻑 젖게 되지요.

4. 님의 침묵(한용운)　흔히 시집 '님의 침묵에 수록되어 있는 표제작을 비롯하여 전체 시 모두 항일 시라고 말합니다. 그도 그럴 것이 일제의 강압이 심했던 1920년대에 발표되었고, 그리운 것을 조국 광복이라고 해석해도 들어맞기 때문입니다. 하

지만 님의 침묵은 단순한 항일 시만으로 치부해버릴 수가 없습니다. 그렇다고 단순히 불교를 바탕을 삼은 종교시라고만 할 수도 없습니다. 님의 침묵은 남녀 간의 사랑을 바탕으로 한 연애 시라 해도 무방합니다. 하여튼 여러 가지로 해석할 수 있는 아름다운 시이지요!

5. 몽실언니(권정생) 이 책의 작가인 권정생 선생은 생전에 이런 취지의 말씀을 하셨습니다. 좋은 책이란 읽고 나서 불편해지는 책이라고…. 이 책이 그렇습니다. 남과 북, 착한 것과 착하지 않은 것, 불행과 행복, 아이와 어른. 모든 것에 대해 다시 생각을 하게 합니다. 생각을 언제나 긍정적으로 하며 어려움을 이겨내는 끈기도 보통이 아닌 몽실이를 내세운 소년 소설이지요. 하지만 단순히 6·25 한국전쟁을 배경으로 한 이야기가 아닙니다.

진정한 저자 관리에 대해

지난 1990년 대 이전 책 저자란엔 '편집부 엮음'이나 '편집부 지음'이 많았다. 또는 가명으로, 혹은 전혀 엉뚱한 사람의 이름이 저자로 적혀 있기도 했다. 이는 시국 탓으로 저자를 드러내기가 상당히 '거시기'할 때 자주 쓰던 '관행'이다. 그러다가 시국이 점차 안정되면서 저자가 '실명'으로 자리 잡았다.

저자 이름이 실명화되면서 출판사에서는 이른바 '저자 관리'도 중요하게 되었다. 필자가 문단에 나올 무렵에 이미 이름 세를 가지고 있는 선배 문인은 늘 술에 절어 있었다. 이 출판사 저 출판사 직원이 저자 관리 명목으로 저녁이면 술대접을 했기 때문이다. 그래서 필자가 등단 공모에 투고한 잡지의 편집주간은 '마감 때가 되어 재촉하면 다 바빠서 마감을 어길 수밖에 없다고 하는데, 저녁에 술집에 가보면 거기에 다 있더라!' 하면서 씁쓸해하였다. 이는 저자 관리를 '당해' 술 먹을 시간은 있지만, 원고쓸 시간은 없던 지난 시절의 그리 아름답지 않은 풍경이다. 더러는 아름다운 풍경으로 여기겠지만….

나는 체질적으로 몸이 술을 받아내지 못해서 일찌감치 술을 마시지 않았다. 술을 마시지 않고 문단 생활을 30년 넘게 어찌했는지 스스로도 갸우뚱할 때가 있다. 지금이야 나이가 좀 들어서 ㈀ 강요를 당하지 않는데, 젊었을 때에는 술은 강요해도 괜찮은 '물건'이어서 술잔을 피하기가 어려웠다.

돌아보니 필자는 저자 관리를 스스로 한 셈이다. 출판사 직원과 사교㈁를 위한 술자리는 될 수 있으면 피했고, 그 시간에 생계를 위한 일을 많이 했다. 영문과 한문 번역, 시와 소설과 동화와 수필 등의 글을 닥치는 대로 쓰고, 강의, 강연 등이 주로 내가 한 일이다. 오래 걸리는 번역을 할 때는 번역 기간 동안 2~3년씩 매달 생활비 조로 일정 금액을 나누어 받았고, 작품집은 거의 1만 부 인세를 계약금으로 받았다. 어쩌면 출판 경기에도 '거품'이 어느 정도 끼어 있었고, 인터넷이니 스마트폰이니 하는 게 없어 책을 읽는 게 그래도 소일거리 정도는 되던 시절 이야기인지도 모른다.

강연이나 작가와의 대화 등은 오래전부터 관심을 두고 시간만 맞으면 말 갈 데 소 갈 데 가리지 않고 전국을 누비고 다녔다.

강연 등은 출판사에 전화하여 섭외하는 것보다 내게 직접 전화하여 섭외하는 일이 더 많았다. 최근 들어서는 출판사에 먼저 문의를 하는 경우가 많아지고 있다. 이건 아마도 점차 '시스템'으로 돌아가고 있다는 뜻일 게다.

도서 정가제나 도매상 문제 등 출판 유통의 문제도 중요하지만, 저자 관리도 상당히 중요하다. 출판사 직원이 술을 자주 사거나 가방을 들고 따라다니는 식의 대접이 저자 관리가 아니다. 그 저자만의 특징을 알고 어떤 글을 썼으면 좋겠다 하는 것까지 편집자가 알고 있으면 얼마나 좋을까! 나아가 책이 나오면 그 저자에 맞는 판매책이 강구되면 좋겠다. 그러기에 내 책 전부를 잘 아는 편집자가 있어 책도 그 편집자를 따라다니면 좋겠다. 편집자가 출판사를 옮기면 저자도 같이 옮겨가지만, 전혀 이상하지 않는 상황이면 좋겠다. 저자와 함께 옮기기에 편집자도 덩달아 힘을 받는 구조였으면 좋겠다. 프로스포츠계에서 어떤 선수가 이 구단에서 저 구단으로 스카웃 되어 가면 이적료를 지불하듯 출판사를 옮기면 그 작가의 책을 냈던 출판사에게도 이적료 비슷한 것을 지불하면 좋겠다. 아무튼 저자는 편집자만 믿고 글에만 신경 쓰고, 그 편집자랑 늙어 죽을 때까지 같이 작업을 할 수 있으면 좋겠다. 아직 나만의 몽상일까?

소총과 대포

백만 부 이상 책이 팔린, 이른바 '밀리언 셀러'인 어떤 작가와 무슨 이야기를 하다가 '선생님은 책 두 권으로 이백만 독자를 만났는데, 나는 내가 낸 수십 권 책의 독자를 다해도 그만큼이 안 됩니다. 선생님은 대포 두 방으로 전쟁을 했는데 나는 평생 소총만 쏘고 있습니다!'라고 했다. 근데 이런 말도 자랑'질'이 되는 시대다. 출판계의 불황이 깊다. 단군 이래 이런 불황은 처음이란다. 이런 말 해마다 들었다. 그런데 지금은 더 나빠질 수가 없을 정도로 나쁘단다. 해마다 최악을 경신한단다. 하긴 명색이 작가인 나와 유전자가 비슷한 내 아이도 책보다는 '휴대전화기'를 더 좋아한다.

이런 출판계의 불황에도 일본 작가 하루키의 책은 잘 팔린단다. 이번에 그가 펴낸 '색채가 없는 다자키 쓰쿠루와 그가 순례를 떠난 해'에 대해 16억 원의 선인세를 써내고도 출판 경쟁에서 떨어진 출판사가 있는 걸 보면 도대체 얼마나 많이 팔릴 걸 예상했을까?

혹자는 문학의 '고고함'을 이야기한다. 작가는 가난해야 한단다. 그래야 좋은 작품을 쓴단다. 아주 틀린 말은 아니다. 그런데 작가만 그럴까? 배부르고 등 따스하면 누구든 다른 일에 눈길을 둔다. 자기가 하는 일이 세상에서 가장 어렵다고 생각하기 때문이다. 어쨌든 그런 말을 하는 사람의 바람(?)대로 대부분의 작가는 가난하다. 가난한데 왜 좋은 작품이 안 나올까? 너무 가난하면 작품이고 뭐고 쓸 생각이 나지 않는다. 작가도 이슬('참이슬'이라는 소주를 가리키는 중의적 표현 절대 아님!)만 먹고 사는 존재가 아니다. 그러면 '누가 작가하라고 했어? 다른 일 하면 되잖아!'라며 다그친다. 이런 말엔 반응할 필요를 못 느낀다. 세상만사 다 마찬가지일 테니.

하루키에 대해선 문단이나 독자의 호오가 갈리지만, 분명한 것은 '하루키 현상'이라고 해도 좋을 만큼 독자들의 반응이 뜨겁다. 물론 국내 작가들도 그간 '누구 현상'이라 할 만큼 독자들의 무조건적인 사랑을 받은 사람들이 있다. 그런데 그들의 '현상'이 다른 작가들의 희생 내지는 바탕 위에서 이루진 것도 조금은 알아야 하리. 자신이 발 딛고 있는 땅이 소중하다고 주변 땅을 다 도려내 버리면 어떻게 될까? (내가 늘 들먹이는 장자의 말이지만 이 경우에도 해당 되는 듯…) 수많은 소총의 총질이 있어야 대포도 소용 있지 않을까?

아까운지고!

도처에 죽음이 횡행하고 있다. 어른들 말마따나 죽을 사람은 안 죽고 죽지 않아야 할 사람은 죽어간다. 오늘 아침에도 한목숨의 죽음 소식을 접했다. 한겨레 신문의 구본준 기자. 지난봄에 억지로 하늘나라로 떠나간 '세월호'의 젊은 목숨들에 대한 애도가 아직도 충분하지 못한데 또 한 젊은 목숨이 진 소식을 접해야 했다.

진도아리랑에도 보면 '문밖이 바로 저승'이라는 대목이 늘 나온다. 오늘 갈지 내일 갈지 한 치 앞도 알 수 없는 목숨. '문경 새재는 웬 고개인고'로 많이 알려진 진도아리랑의 한 노랫말도 사실은 '문전 세 재는 웬 고개인고'로 어려서부터 알아 왔다. 문전은 문 앞. 여인네들 삶을 보면 안방에서 부엌으로 나오는 문, 부엌에서 마당으로 나가는 문, 죽어서 마당 문을 떠나 북망산천으로 가는 것 등이 노랫말에 문 전 세 재 (세 고비/세 고개/시 재)로 나타났다. (시 재 할 때 '시'는 '셋'의 진도 말)

구본준 기자는 자신이 전공한 중문학만 빼고는 다 관심이 있었다. 특히 건축과 책. 건축에 유달리 관심이 많아 이탈리아로 건축 관계 취재를 하러 갔다가 영영 한국 땅으로 돌아오지 못하고 말았다. 나보다 10여 살 어리다. 두 집이 마당을 같이 쓰는 땅콩집을 짓기도 했고, 건축에 관한 글을 많이 썼다. 그를 알게 된 건 그가 쓴 '한국의 글쟁이들(한겨레출판 펴냄)'이라는 책을 통해서….

나는 책과 건축에 관심이 많은 그에게 '다니엘 페나크'가 '소설처럼(이정임 옮김/문학과지성사 펴냄)'에 쓴 글을 들려준 적이 있다.

'사람은 살아 있으므로 집을 짓는다. 그러나 언젠가 죽을 것을 알기 때문에 책을 쓴다. 사람은 군거성이 있으므로 모여 산다. 그러나 자신의 고독을 알고 있기 때문에 책을 읽는다. 책 읽기는 다른 어떤 것도 대신할 수 없는 친구다. 책을 대신할 친구는 없다.'

문학은 노래다

명색이 작가인 나도 어려운 일을 당할 때나 마음이 심란할 때는 내 시 대신 대중가요를 읊조린다.(특히 조용필이 부른 '그 겨울의 찻집'…. 노래의 의도와는 달리 '웃고 있어도 눈물이 난다~'는 구절) 문학도 힘이 세지만 노래는 더욱더 힘이 세다는 걸 일찌감치 느끼고 있다.

제갈인철은 힘이 센 문학과 음악을 다 거느리며(?) 살고 있다. 게다가 현실적으로 막강한 힘을 발휘하는 '돈벌이'를 위해서 낮에는 생활을 영위한다. 즉 정신의 고양을 위해선 문학과 음악을, 육체의 보존을 위해선 생활, 즉 밥벌이를 한다. 그래서 그는 스스로 개짱이(이솝 우화에 나오는 개미와 베짱이)라 칭한다. 그래서 그는 북뮤지션이 될 수 있었다.

그가 어려움에 처해 있을 때 그를 구원해준 건 문학이었다고 한다. 그래서 자신이 지니고 있는 음악적 재능을 결합하여 작가들의 북 콘서트 마당에서 노래를 불렀다. 나도 수차례 그와 함께 북 콘서트를 한 바 있다. 어느 해 무지 추운 겨울엔 강원도 속초에서 수능 시험 끝난 고3 학생들과 함께 했다. 그때 일정은 1박 2일이었다. 그의 동료인 허영택, 문소리 가수도 동참했던 기억이 난다. 그때 그가 사회도 겸해서 보았다. 그가 그럴 수 있었던 건 작가의 책을 거의 다 읽어서 상당한 '내공'이 있기에 노래만이 아니라 진행도 가능했다.

제갈인철이 책을 냈다. '문학은 노래다(북바이북 펴냄)' 그의 삶을 요약한 제목이다. 그간 북 콘서트 현장에서 만난 작가와 작품 이야기를 담았다. 출판 잡지 '기획 회의'에 연재될 때부터 즐겁게 읽었고, 언젠가는 책으로 나올 줄 알았다. 그래서 표사글을 써달라고 할 때 우정어린 마음으로 기꺼이 응했다. 우리가 더 늙어서도 함께 할 수 있기를!

삶은 언제, 어떻게 예술이 되는가

김형수 시인. 그는 '죽은 고래는 아무리 커도 물살이 흐르는 대로 따라 흐르지만 살아있는 송사리는 아무리 작아도 물살을 거슬러서 오를 줄 안다'라는 말을 좋아해서 늘 들먹인다. 그의 살아있는 글쓰기 책이 나왔다. 그는 시와 소설과 평론을 겸하는 데, 그간 글을 쓰고 강의하면서 느낀 점을 '삶은 언제 예술이 되는가(아시아 펴냄)'와 '삶은 어떻게 예술이 되는가(아시아 펴냄)'에 풀어놓았다.

글쓰기, 특히 시나 소설, 희곡 작법 책은 많다. 나는 학생들에게 작법 책은 보면 볼수록 더 쓰기 어려우니 아예 안 보는 게 낫다고 얘기해왔다. 김형수 시인의 책은 그런 작법 책과는 애초에

거리가 멀다. 그가 여러 장르를 섭렵하면서 몸으로 직접 느낀, 살아있는 글쓰기 비법(?)이 곳곳에 숨어 있어 명색이 작가인 나도 고개를 끄덕이며 읽은 부분이 많다.

얼마 전 그가 다닌 고등학교에 강연을 간 적이 있다. 문예반 전통이 깊은 학교이기에 유명짜한 옛 글쟁이들은 언급 않고 젊은 사람 둘을 언급했다. 두 사람은 5월시 동인인 나종영 시인과 김형수 시인. 어린 학생들은 자기네 선배이지만 모르는 성싶었다. 강연 시간도 야간자율(타율?)학습 시간에 배치할 만큼 공부하는 기계가 되어 있는 학생들인지라 교과서 밖의 책은 읽을 새가 없을 거라고 애써 이해했다.

김형수 시인은 책에서 '훌륭한 작가가 되려면 혁명가처럼 뛰어다니기만 해서도 도인처럼 토굴 속에 앉아 있기만 해서도 안 된다고.' 강조한다. 80년대 어지럽던 대학가의 가장 인기 높은 강사 가운데 한 사람이었던 그가 뱉은 말이다.

책은 그가 글쟁이로 살면서 느낀 바를 솔직하게 드러내어 더 설득력 있다. 실천적이고 논리정연한 글을 지속적으로 써내면서도, 작품의 미학적인 세세함을 놓치지 않는 비결(?)이 어디 있는지 알 수 있다.

그는 책 속에서 '세부의 비 진실성은 전체의 진실성에 파탄을 가져온다'고 강조한다. 나는 진즉부터 세부적 진실을 외면하면 (앞뒤 안 맞게 써 버리거나, 사실에서 크게 벗어나면) 작품 전체의 신뢰성이 깨진다고 학생들을 다그쳤다. 저수지 둑이 무너지는 건 처음부터 커다란 구멍이 있어서가 아니라, 작은 구멍 때문이라며….

뱀 다리 같은 한말씀, 시방 대한민국이라는 저수지는 작은 구멍이 아니라, 아예 큰 구멍이 나 있어 둑이 곧 무너질 것만 같아 조마조마하다.

은퇴자의 공부법

지난 90년대 말, 이른바 IMF 구제금융 시기에 지인들에게 받은 명함의 전화번호 가운데 가장 많은 게 'OOO-5292'였다. '5292'는 당시에 한창 인기 있던 요리인 '오리구이'를 비슷한 소리가 나는 숫자로 나타낸 전화번호. 구제금융 시대를 맞아 한창 일할 나이인 40대에 직장에서 명예퇴직 즉 '명퇴'를 해서 식당을 했는데 당시 인기 높았던 오리구이 집을 많이 했다. 그러나 '5292'가 적힌 명함은 금세 쓰지 못하게 되었다. 장사를 해보지 않은 퇴직자들 대부분이 곧 망했기 때문에.

우리 또래가 '명퇴'하던 그때부터 명퇴는 모든 직장의 가장 쉬운 해고 방식이었다. 물론 나중에 교원들은 명퇴를 신청해도 쉽게 되지 않는 기현상도 일어났다. 명퇴하면 경제적 반대급부가 적지 않았기 때문에.

어떤 방식으로든 직장에서 물러난 이들의 직장 '후' 생활을 쓴 책이 나왔다. '은퇴자의 공부법(어른의 시간 펴냄)'. 직장에서 해고를 당하든, 자발적으로 물러났든 대부분의 사람들은 직장에서 벗어 나면 공황 상태에 빠진다. 해고를 당하면 정도가 더 심하다.

대부분의 사람들이 직장을 다니지 않을 때 가장 필요한 게 돈과 건강이라고 말한다. 맞다. 그러나 사람이 살아가는 데 필요한 게 돈과 건강만은 아니다.

젊은 시절, 내가 글을 쓰고 살기로 작심하자 주변 친구들이 걱정을 많이 했다. 글쟁이는 배고프다며. 글쟁이도 이슬만(그때는 소주 참이슬이 있기 전. 소주 眞露가 한글 참이슬로 바뀌기 전이다. 작가들 가운데 참이슬을 많이 애용하여 수명을 단축시킨 이가 많다! 하여간 나에게 친구들이 말한 이슬은 술이 아니라 진짜 이슬!) 먹고 사는 것은 아니잖아, 하면서.

여기 읽기와 쓰기로 은퇴 후의 삶을 다시 개척한 이들이 뭉쳤다. 이들은 은퇴할 때가 되어 은퇴한 사람, 어느 날 졸지에 은퇴자가 된 사람, 생각보다 일찍 직장에서 물러난 사람이다. 그러나 그들 모두 읽으면서 행복한 충전을 했고, 쓰면서 자신의 내면을 더 알차게 한 사람들이다. 물론 나름대로 '가방끈'이 다 긴 사람들이긴 하다. 하지만 가방끈이 길든 짧든 읽고 쓰는 일은 누구에게나 소중하다, 는 게 내 생각이다.

하루하루 살기도 바쁜데, 언제 책 읽고 언제 쓰기까지 하느냐고 볼멘소리를 하는 이들이 많을 줄 안다. 하지만 책 읽기는 자기 머리로 생각을 하게 해주고, 글쓰기는 자기 자신이 되게 해준다. 그래서 7, 80년대 엄혹한 시대에도 노동자 글쓰기 모임이 많았고, 젊은이들의 독서 모임도 많았다. 이들 모두 노예의 삶이나 꼭두각시의 삶이 아닌, 자기 머리로 생각하는 자기 자신이 되고 싶어 그랬다.

책을 쓴 세 사람은 독학자(獨學者)가 아니다. 함께 읽고, 함께 이야기 나누고, 함께 쓴다. 어찌 보면 공학자(共學者)이다. 공학을 하면 혼자일 때 느끼는 외로움과 두려움이 떨쳐진다. 세상은 나와 너의 '연대'가 작동하는 곳이다. 글을 읽고 쓰는 데도 '연대'가 필요하다!

양철북은 시끄럽다?

독일 작가 귄터 그라스. 그의 소설에 '양철북'이 있다. 익히 알다시피 양철북은 독일 나치 시대를 다룬 소설. 소설 주인공 오스카는 3살 때에 추락 사고로 성장이 멈춰 키가 1m도 자라지 않은 난쟁이. 성장이 멈춘 오스카를 통해 작가는 나치 치하 세계, 즉 20세기 전반의 독일 역사와 사회상을 그려냈다.

2015년 봄에 세상을 뜬 귄터 그라스는 특유의 반어와 역설로 20세기 전반 독일 역사를 잘 그렸다. 어쩌면 그의 허구적인 자전 소설일지도. 귄터 그라스는 나중에 노벨문학상도 받았고, 행동하는 글쟁이로 국제적인 명성이 높았다. 소년 시절에 나치 친위대인가 뭔가를 했다는 고백도 했지만….

대한민국에 '양철북'이라는 출판사가 있다. 주로 어린이와 청소년, 교육 관련 서적을 발간한 출판사. 양철북 출판사에서 '양철북'이라는 소설이 나왔다. 고개를 갸웃거리며 호기심을 가질 만. 지은이가 이산하 시인이라 더 호기심을 가졌는지도.

양철북은 이산하 시인의 성장 소설로 읽힌다. 평소 나는 성장 소설을 둘로 나눈다. 첫째는 예술가 소설로 이런저런 일과 아픔을 겪었음에도 지금 나는 예술가가 되어 있다는 예술가 소설로서의 성장 소설. 두 번째는 그야말로 몸과 마음이 다 성장하는 청소년들의 성장기를 담은 청소년소설로서의 성장 소설.

양철북은 두 성장 소설 요소를 다 가지고 있다. 문인이 된 지금 시점에서 지은이의 그때 그 시절을 그려내기도 했지만, 청소년이면 누구나 겪을 보편적인 요소도 들어 있다. 책 제목은 주인공 양철북의 이름이다. 성은 양이요, 이름은 철북! 그래서 그의 맞수(?)인 법운 스님은 양철북이면 참 시끄럽겠다고 말한다. 이에 양철북은 안 두드리면 시끄럽지 않다고 대답.

시방 대한민국의 꼬라지가 가만히 있는 양철북을 두드려 시끄럽게 하고 있는 양상. 여기저기서 양철북이 요란하게 울려대기를 바라고 그러는 듯…. 마침내 양철북도 법운도 자기 이름만큼 성장하는 듯. 그렇다면 대한민국도 더 성장하려고 이러는 걸까?

살아가겠다

프랑스 시인 폴 발레리는 그의 시 '해변의 묘지'에서 '바람이 인다/살려고 애써야겠다'라고 했다. 처음에 누군가가 번역한 대로 '바람이 분다/살아야겠다'로 더 잘 알려진 시이다.

근데 고병권은 '살아가겠다(삶창 펴냄)'를 제목으로 해서 책을 펴냈다. 신문 기사에서 책 제목을 보고선 '살아야겠다'도 아니고 '살려고 애써야겠다'도 아니어서 조금 의아해했던 게 사실이다.

의문은 '살아가겠다'의 '책을 내며'를 보고서 바로 풀렸다. 대한문 농성촌의 한 의자에 누군가가 '우리는 꾸준히 살아갈 것이다'라고 적어놓았단다. 필자는 그 구절에서 '희망'을 보았단다. 희망은 내일에 있는 것도 아니고, 현실적인 승리에 있는 것도 아니라는 게 필자의 생각. 바람이 불든 불지 않든 살아야 하는 존재. 그게 인간이란다.

그래서 철학은 바로 삶 속에 있다. 당신이 사는 꼴이 바로 당신! 그게 당신의 철학! 철학 한다는 것의 의미는 무엇인가? 고병권은 플라톤과 디오게네스의 일화를 예로 든다. 디오게네스가 길거리에서 채소를 씻고 있는 것을 본 플라톤이 말한다. 플라톤 왈 "당신이 왕에게 좀 더 공손했다면 당신은 채소를 직접 씻을 필요가 없을 텐데…." 이 말에 디오게네스가 분명한 어조로 대답한다. "당신이 당신의 채소를 직접 씻는 법을 배우면 당신은 왕의 노예가 될 필요가 없을 텐데!" 철학 한다는 것은 자기 삶의 주인이 되는 것이란다. 주인이 될 것인가? 노예가 될 것인가? '살아가겠다'의 전체 기조는 이 물음 위에 있다.

고병권과 개인적인 인연은 십수 년 전 어떤 잡지 일을 같이 보았다는 것 정도이다. 그 뒤로 국내에서는 한 번도 못 만나고 엉뚱하게도 유럽의 어떤 도서전시회 행사에 갔다가 독일에서 우연히 만났다. 내가 다닌 고등학교와 같은 울타리에 있던 중학교에 그가 다녔다는 사실도 들었지만, 동일계 고등학교로 진학하던 시절이 이미 아니어서 그건 인연이라 할 것도 없다. 진짜 인연은 그가 펴낸 책을 무척 좋아해서 때마다 사보는 것이다. 그가 고등학교 동기 동창의 사촌 동생이라는 정도도 인연이라면 인연.

내 보기에 그는 실천적 연구와 글쓰기를 하는 필자이다. 그가 읽은 책이 그의 정체성이다, 곧잘 '머리는 남에게 빌려도 건강은 남에게 빌릴 수 없다'며 책을 잘 읽지 않고 뜀박질만 열심히 했던 전직 대통령 김아무개 씨. 김아무개 씨는 읽은 책이 없어 정체성이 없었고, 고병권은 그가 읽은 대로 글을 쓰며 실천을 하는 필자이다. 그게 그의 정체성!

거짓말 잔치

1991년 어버이날이었던 5월 8일, 김기설이 스스로 목숨을 끊었다. 김기설의 죽음에 따른 '강기훈 유서 대필 조작 사건' 전말기인 '거짓말 잔치(안재성 기록/주목 펴냄)'를 보면서 내내 신중현이 노랫말을 쓰고 곡을 붙인 뒤 김추자가 부른 노래 '거짓말이야'를 읊조렸다. 노래는 '사랑의 배신'을 두고 불렀지만, 유서 대필 조작 사건에 어쩜 저리도 잘 들어맞는지 모르겠다.

거짓말이야 거짓말이야 거짓말이야/거짓말이야 거짓말이야/사랑도 거짓말 웃음도 거짓말//거짓말이야 거짓말이야 거짓말이야/거짓말이야 거짓말이야/사랑도 거짓말 웃음도 거짓말// 그렇게도 잊었나 세월따라 잊었나/웃음 속에 만나고 눈물 속에 헤어져/다시 사랑 않으리 그대 잊으리/그대 나를 만나고 나를 버렸지//나를 버렸지 거짓말이야/거짓말이야 거짓말이야/거짓말이야 거짓말이야//그렇게도 잊었나 세월 따라 잊었나/웃음 속에 만나고 눈물 속에 헤어져/다시 사랑 않으리 그대 잊으리/그대 나를 만나고 나를 버렸지//나를 버렸지 거짓말이야/거짓말이야 거짓말이야/거짓말이야 거짓말이야

책 뒤쪽엔 '거짓말 잔치'의 출연진이 적혀 있다. 근데 총감독이 당시 법무부 장관인 김기춘이네! 이 사람은 얼마 전까지도 청와대에서 살았고, 오래전 부산 초원복집 사건 때 '우리가 남이가?'를 주창했던 그 사람이지?

소설가 안재성이 이 책의 등장인물들을 실명으로 책에 실은 건 '강기훈 유서 대필 조작 사건'의 재판 기록을 그대로 정리했기 때문…. 소설적 재미를 위해 재구성할 수도 있었겠지만 소위 '유서 대필' 사건의 진실만을 알리기 위해 오로지 공개된 자료만으로 기록했기 때문…. 강기훈을 유서 대필자로 만든 20명이 넘는 판검사들은 어떤 인종들이었을까? 그들도 집에 돌아가면 자상한 아비이고 형이거나 동생이고, 오빠이겠지….

김기설이 몸에 불을 지르고 죽기 전, 김지하 시인은 조선일보에 '죽음의 굿판을 걷어치우라'는 글을 썼다…. 서강대 총장 박홍은 '운동권이 조직적으로 분신을 사주하고 있다'고 했고. 여기에 경찰, 검찰, 국과수, 언론 모두 북 치고 장구 치며 한바탕 '거

짓말 잔치'를 벌이고.

2015년 5월 14일 대법원은 재심 재판에서 강기훈의 무죄를 확정했다. 근데 강기훈은 이미 조롱받을 대로 받았고 지금 간암에 걸려 투병 중이다. 그에게 남은 생의 시간은 얼마일까? 분신자살한 고 김기설이 공업고등학교를 나왔다 하여 유서도 제 손으로 쓰지 않았을 거라고 몰아붙인 자들에게는 신경림 시인의 '가난한 사랑 노래'를 들려주고 싶다. '공고를 나왔다고 해서 유서조차 남에게 맡기겠는가….'

가난하다고 해서 외로움을 모르겠는가/너와 헤어져 돌아오는 길에/눈 쌓인 골목길에 새파 랗게 달빛이 쏟아지는데//가난하다고 해서 두려움이 없겠는가./두 점을 치는 소리/방범대원의 호각 소리 메밀묵 사려 소리에/눈을 뜨면 멀리 육중한 기계 굴러가는 소리.//가난하다고 해서 그리움을 버리겠는가/어머님 보고 싶소 수 없이 뇌어 보지만/집 뒤 감나무에 까치밥으로 하나 남았을/새빨간 감 바람 소리도 그려 보지만.//가난하다고 해서 사랑을 모르겠는가/내 볼에 와 닿던 네 입술의 뜨거움/사랑한다고 사랑한다고 속삭이던 네 숨결을/돌아서는 내 등 뒤에 터지던 네 울음.//가난하다고 해서 왜 모르겠는가.//가난하기 때문에 이것들을/이 모든 것들을 버려야 한다는 것을.

– '가난한 사랑노래'/신경림

3부

책과 학교

고전을 넣으라고?

몇 해 전 대구와 진주에서 강연 끝나고 질문을 받았는데 도서관 담당 교사가 볼멘 소리를 했다. 학기 초에 구입할 도서 목록을 작성해 교장선생한테 결재 맡으러 가면 교장은 고전을 넣으라며 목록을 다시 작성할 것을 요구한단다. 그런 때 어떡하면 좋겠느냐고 물었다. 자신은 잡지나 신문의 서평을 보고 학생들에게 양서를 제공하려는데 교장은 고전을 좋은 책으로 단정한단다.

나도 고전을 좋아하지만, 고전이 좋은 책이기도 하지만, 고전은 책 이름은 유명짜한데 읽은 사람은 별로 없는 책일 경우가 많다고 대답했다. 아마 교장선생도 그런 책 안 읽었을 것이라고 했다. 자신은 안 읽었지만, 학생들은 읽었으면 하는 마음에서 그러실 거라고! 그러면서 90년대에 문화부에서(문화체육부였는지 문화관광부였는지 모호. 정권 바뀔 때마다 개명을 자주해서…) 옛 중국 고전이랍시고 '소녀경(素女經)'을 추천 도서로 했던 걸 기억하라고. 소녀경은 방중술을 다룬 책인데, 추천 위원이었던 어른들이(주로 대학 훈장들) 한글 발음이 '소녀'이기에 제대로 살피지도 않고 추천. 어쩌면 자신들이 읽고 자신들도 진즉 알았으면 좋았을 것이라고 생각했는지도 모른다. 그들이 시대를 너무 앞서갔나? 지금 아이들 같으면 혹시 모르겠다.

도서관 비치 도서 목록 작성은 철저히 사서교사나 도서관 담당 교사가 하고, 교장을 비롯한 관리자는 도서관이 잘 운영되도록 예산 배정을 잘하는 등 행정적인 뒷받침을 해주는 게 순리라고 역설. 교장이 뭐든 지시하면 그만이라는 생각에 학생들의 자살을 방지한다고 1층 창문에도 창살을 설치했을 거라고, 복도를 가리키며 융통성 없음을 지적했다. (최근 대구 지역에서 자살한 학생이 많고, 대책이란 게 기껏 교실과 복도 창문에 쇠창살을 설치했다) 교장 교사 모두 얼굴이 벌게졌다.

다음은 진주. 남강은 소리 없이 흐르는데 거기의 한 학교 교장 선생은 목에 이른바 '깁스'를 한 자세로 자기 학교의 수준이 높다고 자랑했다. 학부모들의 경제 수준도 높고 아이들 학력 수준도 높다나. 학부모들 가운데는 대학 선생이나 중고등학교 교사들이 많다며 어쩌고저쩌고. 강연 시작하며 아이들에게 물어보니 책을 읽는 부모의 모습을 본 적이 없다고 했다. 나는 제일 책을 안 읽는 사람들 가운데 하나로 대학 선생과 교사들을 꼽아주었다. 그들은 자신의 전공 테두리 안에서 수업을 위한 책만 읽지 테두리 밖의 책은 안 읽는다고 했다. 게다가 자신들이 여느 사람들보다 잘났다고 생각하는 묘한 우쭐함이 있어 다른 분야 책은 '개무시'한다고도 했다. 그들은 그들만의 '끼리끼리'를 도모할 뿐 다른 사람이나 사회에 대한 관심은 적다면서.

공부하기 싫은 날

‘공부하기 싫은 날(김수열, 이경미 엮음/작은숲 펴냄)’이라니! 학생은 공부를 하고 직장인은 직장을 잘 다니는 게 일반적이지 않나? 그런데 공부하기 싫다니! ‘공부하기 싫은 날’에 자꾸만 ‘놀기 좋은 날’이라는 말이 얹어지는 것은 어인 까닭?

〈공부하기 싫은 날〉

공부하기 싫은 날/핸드폰을 만지작거리다/잠이 든다//공부하기 싫은 날/공책에 낙서하다/잠이 든다//공부하기 싫은 날/엄마, 아빠 몰래 답지 베끼다/잠이 든다//눈 감았다/눈 떠보니 공부 없는 나라다//모래 위 낡은 그네에/진딧물처럼 매달린 개구쟁이 아이들/나도 개구쟁이 진딧물이었다//친구들과 뛰노는데/목소리가 안 나온다/숨이 점점 막혀온다//“꺄아악!”//꿈이었다/난

얼른 책을 폈다

– 고은지/중1

이 시집을 보자니, 몇 해 전 서울 어느 공고생들의 '내일도 담임은 울 삘이다'(초판 나라말 펴냄, 나중에 휴머니스트 펴냄)는 시 묶음 집이 떠오른다. 일반 고등학교보다 더 빨리 교실 붕괴 내지 학교 붕괴에 이른 공업고등학교. 공부에 전혀 흥미를 갖고 있지 않은 학생들을 대상으로 국어 교사들은 시를 쓰자고 했다. 교사들은 물론 아이들도 처음엔 긴가민가했다. 그런데 웬걸. 아이들은 시에 자신의 현실을 투영시키기도 하고, 자신의 마음을 담기도 했다. 시를 쓰는 일이 치유제로 작용하였다.

우스갯소리로 시는 '시시'해서 시라고 하지만 공고생 아이들에게 시는 결코 시시하지 않았다. 그들에게 시는 자신들의 속 모습과 겉을 다 비춰 볼 수 있는 거울이다. 물론 아이들의 시에 시적 기교나 장치를 기대하지는 말자. 그러나 시를 전문으로 쓰는 시인들의 어떤 시보다 공고생 아이들의 시는 진솔하다. 교육은 진솔을 바탕삼아야 한다. 아이들은 담임의 진솔한 마음을 알기에 걱정한다. 우리가 말을 안 들었기에 담임은 내일도 울 것이다. 근데 담임이 울면 우리가 불리하다….
아이들도 다 알고 있다!

중학생들의 시 묶음 집 '공부하기 싫은 날'은 뭍에서 멀리 떨어진 제주의 한 바닷가에 있는 '신엄중학교' 아이들이 쓴 시이다. 전교생이래야 모두 161명. 그래서 오히려 국어 교사인 김수열, 이경미 선생은 모험(?)을 할 수 있었다. 전교생 모두 시 한 편씩을 쓰자고! 서울에서 멀리 떨어져 있지만 대한민국의 중학생이면 어디에 살든 '공부'라는 것에 스트레스를 가지고 있기는 매한가지. 얼마나 공부하기 싫었으면 '공부하기 싫은 날'이라고 서슴없이 말하겠는가? 하지만 아이들도 알고 있다. 공부가 좋든 싫든 공부를 왜 해야 하는지…, 시를 씀으로써 스스로를 들여다보기도 한다.

3학년인 홍지윤 학생이 쓴 시 〈햇살 아래 놓인 세상〉을 보면 아이들의 마음을 더욱 뚜렷이 알 수 있다. '~ 햇살이 언제나 비치고 있는 세상은/서로서로 따뜻하고 평화롭고 행복한 세상//하지만 햇살이 비치지 않는 곳은/언제나 슬프고 용기를 잃은 세상 ~'

중학생 아이들이지만 어떤 세상이 바람직한 곳인지 다 안다. 교사를 비롯 부모 역시 아이들 스스로 성장하는 걸 기다려주지 못한다. 참된 교육은 아이들 모습 그대로를 지켜보며 오래 기다려 줄 수 있는 것. 근데 청소년소설을 많이 쓴 나도 잘 되지 않는다. 아무튼 공고생의 시와 중학생들의 시를 보며 어른의 역할이 무엇인지 더욱 알게 된다. 기다리는 능력을 기르는 것. 그게 어른의 몫 아닐까?

학교는 입이 크다

19세기에 칼 마르크스는 '지금 유령 하나가 유럽을 배회하고 있다. 공산주의라는 유령이…'라고 선언하면서 엥겔스랑 '공산당 선언'의 글머리를 시작했다. 그 화법을 빌려서 말하자면, '지금 유령 하나가 한국을 배회하고 있다. 괴물이라는 유령이…'라고 말할 수 있다.

괴물. 도처에 괴물이 출현하고 있는 대한민국. 온갖 괴물들이 무엇인지는 굳이 말하지 않아도 다 알 터. 최근 교사 시인 박일환의 '학교는 입이 크다(한티재 펴냄)'라는 청소년 대상 시집을 읽으면서 든 생각은 무엇보다도 학교가 가장 무서운 괴물이라는 것. 학교는 모든 것을 빨아들인다. 그래서 입이 크다. 탐욕스럽다.

학교의 탐욕 앞에선 진보주의자도 수구주의자도 어쩌지 못하고, 장사꾼도 월급쟁이도, 사업가도 각급 학교의 교사들도 어쩌지 못한다. 다들 그러려니 한다. 그러는 사이 학교는 몸집이 엄청 커진 흉물스러운 괴물이 되고 만다!

시인이자 소설가인 김형수가 쓴 '삶은 언제 예술이 되는가(아시아 펴냄)'를 문학 지망생들에게 추천했더니, 읽은 이들은 한결같이 이렇게 쉬운 문학 입문서를 본 적이 없다고 했다. 나는 '자신이 알면 쉽게 얘기하고 자신이 모르면 어렵게 얘기하게 된다고' 대답했다. 내친김에 그의 몽골 기행문 '바람이 지우고 남은 것들(자음과모음 펴냄)'을 기행 산문의 전범으로 일독을 권하기도 했다.

소설가 양선규 대구교대 교수의 '인문학 수프(작가와비평 펴냄)' 시리즈도 문학 지망생들에게 일독하기를 권했다. 그의 남성적인 문체와 '소설가 눈으로 세상 읽기' 같은 '삐딱한' 시선을 갖출 것을 채근…. 김형수 시인이 늘 들먹이는 '죽은 고래는 아무리 커도 물살이 흐르는 대로 따라 흐르지만 살아있는 송사리는 아무리 작아도 물살을 거슬러서 오를 줄 안다'는 말을 양선규 선생의 책에서 실감했다. 양선규 선생의 삐딱함은 기실 '새로움'이다!

뭐든 다 빨아들이는 괴물인 학교. 이 세상은 거대한 학교다.

흉측스러운 괴물이 배회하는 세상. 나 자신부터 괴물이 되지 않으려고 책 읽고, 생각하며, 행동하려 부단히 애쓰는 나날들….

열다섯, 교실이 아니어도 좋아

어제 오후 좀 이색적인(?) 책 출간 잔치에 참석했다. 교사 최관의가 쓴 '열다섯, 교실이 아니어도 좋아(보리 펴냄)'를 가지고 두 시간 동안 행사를 하였다. 마침 시간이 맞고 나의 서식지에서 행사장이 멀지 않아 참석. 더구나 청소년문화연대의 웹진 '킥킥'의 동료 필자이기도 하기에.

열다섯, 남이 중학교에 갈 나이에 학교 대신 논밭에 나가 일을 해야 했던 소년. 어찌어찌 입학금을 마련하여, 한 해 늦게 학교에 갔지만 입학식 날부터 아무런 이유 없이 교사로부터 '본보기' 폭행 대상이 되었던 아이. 그 시절엔 교사의 폭행이 무지막지했다. 오래전 친구들 모임에 저녁 먹으로 갔다가 고등학교 때 악명

높던 어떤 교사를 두고 다들 '그 새끼 아직 안 뒈졌냐?'고 성토하는 걸 보고 선생 노릇 잘해야겠다고 다짐하던 일이 있었다. 하여간 훗날 교사가 된 최관의는 동료나 선후배는 물론 누구보다도 아이들로부터 사랑받는 선생이 되었으니.

책은 눈물 없이는 볼 수 없다고 선전한 6, 70년대 한국 영화는 저리 가라 할 정도. 소년은 농사꾼, 이발소 점원, 채소 장사꾼, 화학 공장 종업원 등 상상하기 어려운 여러 가지 직업을 거친다. 들녘, 이발소, 시장, 공장 등등이 소년에겐 다 교실이다.

그런데 다들 이런 책이 읽힐까, 걱정한다. 그러나 아이들 독자는 자신들이 겪어보지 못한 일을 더 좋아한다. 자신들이 잘 아는 일을 써 놓으면 재미없어하지만, 자신들이 모르는 일을 써놓으면 '판타지'로 느끼며 되레 좋아하는 듯! 지지리 궁상이라고 투덜거리면서도.

묘사보다는 서술이 많은 수기 내지 자전적인 이야기이기에 감동은 소설보다 높다. 내 개인적으론 소년 관의가 쟁기질을 배울 때 조마조마했다. 시골에서 쟁기질만 익히면 상일꾼이 된다. 나도 중학교 때 쟁기질을 미처 다 익히지 못하고 도회로 고등학교를 진학했다. 쟁기질은 무엇보다도 쟁기를 끄는 소와 궁합이 잘 맞아야 한다. 그러기에 소가 말을 잘 안 들으면 애가 터진다고, 저런 소랑 어떻게 일하냐며 농약을 들이킨 이들이 간혹 있었다.

축사를 하신 윤구병 선생은 최관의가 잘 생겨서 질투 나고, 나이가 자신보다 어려서 질투 났는데, 이제 질투 항목이 하나 더 늘었다고 너스레를 떠셨다. 글까지 잘 쓰니 밉다고!

배우들의 낭독 공연도 좋고, 백창우의 노래 공연도 좋았지만, 무엇보다도 최관의와 그 제자들로 구성한 춤패(?)의 춤 공연이 압권이었다. 50이 넘은 사람이 어린 아이들과 어떻게 호흡을 맞추고, 무엇보다도 춤동작을 익힐 수 있는지…. 나는 죽었다 깨어나도 못할 일이다.

결핍이 결핍 되어있는 아이들

현직 초등학교 교사이면서, 중고등학교를 제대로 다니지 못한 최관의 선생이 쓴 책 '열일곱, 내 길을 간다(보리 펴냄)'에 격려의 말을 쓰면서 가장 많이 떠오른 말이 요즘 아이들은 '결핍이 결핍되어 있다'는 것.

그는 첫 책 '열다섯, 교실이 아니어도 좋아'에서 이미 문재를 유감없이 발휘했다. 그의 문재는 그의 결핍을 극복하려는 처절한 성장담과 어우러져 빛났다. 글쓰기에서 실제 체험 이상으로 감동을 주는 것은 없다. 상상력도 실제 체험을 바탕으로 할 때 더욱 의미가 깊다.

그는 지금 현직 교사이지만 사실은 학교 안보다는 학교 밖에서 더 많은 것을 배웠다. 열다섯 살 때는 교실이 아닌 길거리에서 더 많은 것을 알았고, 열일곱 살 때는 자신에게 부족한 것이 무엇인지를 알았다. 그래서 그 부족한 것을 채우기 위해 노력했다. 그가 부족하다고 느낀 건 단순히 물질적인 것으로만 그치지 않고, 정신적인 것, 즉 배움이었다.

어른들은 요즘 청소년을 두고 '나 클 때는 말이야…' 하면서 곧잘 '꼰대' 같은 말씀을 한다. 그러나 그건 잔소리이다. 잔소리는 뻔한 소리라서 듣기 싫다. 어른들의 잔소리가 시작되면 아이들은 '또 시작이다…. 안 들어도 다 알아…'라고 속으로 중얼거리며 피하려 든다.

며칠 전 어떤 글쓰기 반에서 '꼰대'와 문학에 대해 얘기했다. 꼰대는 곧잘 잔소리를 한다. 그런데 잔소리는 뻔한 소리이다. 문학적으로 말하면 잔소리는 이미 상투적이고 진부하여 새로움이 없다(문학 선생들이 곧잘 '클리셰'라고 뭔가 있는 것처럼 말하는 그것.). 아이들이 안 들어도 아는 소리이기 때문에.

'열일곱, 내 길을 간다'엔 '나 클 때는 말이야…' 같은 '꼰대 소리'가 없다. 그저 열일곱 살 때의 자기 자신에 대해 쓰기만 했다. 그때, 열일곱 살 때 이미 자신의 결핍이 무엇인지를 깨달았다. 지금은 열일곱 살짜리들은커녕 어른들도 자신의 결핍이 무엇인지를 잘 모른다. 잘 안다고? 물질적인 결핍이야 잘 알겠지….

학생 노릇 참 힘들다!

'십대, 안녕(보리 펴냄)'은 청소년들이 '글틴'에 올린 글 가운데에서 가려 뽑아 책으로 엮은 것. '글틴'은 한국문화예술위원회의 사이버 문학 광장 안에 설치한 청소년 글쓰기 공간 사이트. '글틴'이라는 말을 정할 때부터 직간접으로 관여해온 기획위원 자격으로 추천사를 썼는데, 열아홉 명의 청소년들이 쓴 글을 보면서 대한민국의 어른 노릇도 힘들지만, 청소년 노릇하기는 더 힘들다는 사실을 알았다. 특히 '내 이름이 공부인가'하며 자조하는 아이들을 보자니 더욱 그랬다.

세상일 가운데 쉬운 게 어디 있으랴만, 대한민국에서 학생으로 사는 일도 힘든 일 가운데 하나이다. 학생 가운데서도 중고등학생으로 살기가 특히 더 어렵다. 그렇다고 초등학생이나 대학생 노릇 하기가 쉽다는 얘기가 아니다. 초등학생 노릇이나 대학생 노릇도 힘들지만 중고생 노릇은 더 힘들다는 얘기다. 왜 그럴까?

중고생 시절은 딱 사춘기와 겹친다. 요즘은 초등학생 고학년이면 벌써 사춘기가 시작된다고 하지만 아무래도 본격적(?)인 사춘기는 중고생 시절이다. 사춘기를 겪는 청소년 시절. 그때에 청소년 대부분은 학교에서 보내야 한다. 학교 밖이라 해 봐야 학원 강의실에 다시 갇혀 지내야 한다. 모든 문제의 출발점은 갇혀 지내야 하는 데서 비롯된다.

몸은 어른처럼 커졌는데 마음은 아직 어른이 아니다. 게다가 어른들은 청소년들에게 미래를 위해서 공부에만 신경 쓰라고 한다. 공부? 대학 입시를 그렇게 말한다. 그런데 대학을 가기 위해 준비해야 하는 입시 공부가 진짜 공부일까? 대부분의 청소년들은 어른들이 주문한 대로 '그냥' 따라서 한다. 교과서와 참고서와 문제집을 읽는 걸 책 읽는 거라 여기면서, 어른들이 어련히 알아서 그런 주문을 할까 하면서 말이다. 그런 청소년들이기에 세월호 수장 사건 때도 '가만히 있으라'고 한 어른들 말을 곧이곧대로 믿고 따랐다.

대학 입시 공부를 하기 위해 중고생 시절을 다 바치는 청소년들. 어른들은 청소년을 만나면 대뜸 '공부 잘하니?' 하고 묻는다.

다들 그렇게 물으니 '공부'가 자기 이름인 것 같다며 너스레를 떤 학생의 글도 있다. 그렇기에 학교 교실과 학원 강의실에 갇혀도 당연하게 여긴다. 갇혀 지내다 보니 조그만 일에도 짜증을 내며, 자기보다 힘이 조금만 약해 보이면 가차 없이 공격을 한다. 학교 폭력이 그치지 않는 것도 거기에서 비롯된다. 닭도 좁은 데에 갇혀 지내면 공격적이 된다. 좁은 닭장에 갇혀 지내는 닭들은 동료를 쪼아서 상처를 낸다. 어렸을 때 닭을 길러보아서 아는데(전 청와대 입주자였던 이머시기 대통령 말투대로 하자면, '내가 해봐서 아는데') 닭장에 가두어 기른 닭하고 마당에 풀어 놓아서 기른 닭은 확실히 다르다!

나아가 청소년만의 문제는 절대로 없다. 어른의 문제는 반드시 청소년의 문제로 이어진다. 집안이 갑자기 경제적으로 어려워지면 아이들은 어떻게 되는가? 아버지와 어머니가 이혼이라도 하면 아이들은 어떻게 되는가? 결국 피해는 아이들이 고스란히 입을 수밖에 없다. 게다가 부모의 욕망은 자식들에게 그대로 덧씌워진다. 예전엔 '내가 못 배운 한을 풀어다오'라면서 자식들을 가르친 부모가 많았다. 이제는 '남들보다 더 잘 살아야 되니까'하면서 자식들을 다그친다. 그러면서 집안 행사(예를 들어 조부모의 생신날이나 장례 날 같은 때)에도 참석하지 말고 오로지 공부만 하라고 다그친다. 부모들은 자식들이 공부만 하면 만사가 다 해결될 것처럼 말한다. 하지만 현실이 그러한가?

공부만 한 사람들이 한 해에도 수만 명씩 쏟아져 나오는데 우리 사회는 왜 이 모양일까? 청소년들은 다 아는데 어른들은 애써 모른 체한다. 어른들은 오로지 자기 자식만 잘 먹고 잘살기 바란다. 그러기 위해선 공부해야 한다고 다그친다. 물론 그 공부는 대학에 가기 위한 공부, 즉 입시 준비이다. 그것도 100명 가운데 두세 명 안에 들어가야 한단다.

여기 입시 준비를 하면서도 어른들이 애써 외면한 현실을 외면하지 않은 청소년들의 글이 있다. 한국문화예술위원회가 명석을 깔아준 사이버 문학 광장의 '글틴'에 올라왔던 글들이다. 글틴에 올라왔던 글 가운데 독자들도 공감할 생활글 몇 편을 책에 실어 세상 속으로 보낸다기에 몇 마디 말을 보탠다. 글틴이라는 이름을 정할 때부터 이런저런 일에 관계한 사람으로서 감회가 없을 수 없어 그런다.

이 책은 글틴 생활글 게시판에 올라온 글 가운데에서 고른 것이다. 글, 특히 생활글을 두고 잘 썼느니 못 썼느니 하며 우열을 따진다는 게 사실은 굉장히 우습다. 하지만 글은 쓰고 있는 그 순간에 지나온 자신의 삶을 갈무리 하고 앞으로 펼쳐질 삶의 방향을 잡아가는 역할을 해준다. 그러한 점에서 보면 정리가 잘 된 글과 정리가 잘 안 된 글은 다를 수밖에 없다. 그러기에 그간 글틴에서 내건 생활글의 작성 원칙이 있다.

첫째. 모든 글쓰기의 기본은 적확한 문장을 구사하는 데서부터 출발한다. 글쓰기의 도구는 언어, 그것도 자신이 처음 배운 모국어이다. 그러므로 모국어를 제대로 쓰자.

둘째. 무슨 글이든 글은 짜임새, 즉 구성이 되어 있어야 한다. 생활글도 예외가 아니다. 생활글도 길든 짧든 나름대로 완성도를 갖추자.

셋째. 글 쓴 사람이 무슨 이야기를 하려는지 읽는 사람이 바로 알 수 있어야 한다. 즉 주제가 쉽게 드러나야 한다. 이야기를 이루는 삽화는 잔뜩 들어 있는데, 무엇을 이야기하려는지 잘 알 수 없는 글은 좋은 글이 아니라는 것을 늘 의식하자.

넷째. 생활글은 학생의 지적 수준과 체험 수준에 맞는 글이어야 한다. 실제보다 많이 부풀려져 있거나 허풍을 친 글은 금세 드러난다. 글쓴이의 의식과 세계관, 인생관에 맞는 일이면 하찮은 일도 좋은 글감이 될 수 있지만 아무 생각 없이 세상을 바라보면 거창한 일도 좋은 글감이 되지 않는다는 것을 알자.

생활글은 어떤 그릇에도 담을 수 있어 딱히 정해진 그릇이 필요하지 않다. 어쩌면 큰 기교 없이 쓸 수 있는 글이라고도 할 수 있다. 그러나 음식은 그 음식에 맞는 그릇에 담겨 있어야 한다. 접시에 담을 음식 다르고 대접에 담을 음식 다르다. 자신이 겪은 일을 알맞은 그릇을 빚어 담아 내놓을 줄 알아야 한다.

청소년이 어른이 된 뒤에도 가장 많이 쓰게 될 글이 바로 생활 글일 것이다. 더구나 인터넷 세상은 어떤 식으로든 글쓰기를 해야 한다. 큰 부담감 없이 글을 쓸 수 있다는 것은 생활글만의 장점이다. 그렇다고 생활글을 낙서하듯이 성의 없이 아무렇게나 써서는 안 된다. 글은 글을 쓰는 자기 자신을 가장 잘 드러낼 수 있는 하나의 방법이다. 함부로 자신을 드러내는 것도 읽기 불편하다. 그렇지만 자신을 너무 감추고 수박 겉핥는 식으로 변죽만 울린 글도 불편하기는 마찬가지이다.

또한 생활글은 깨달은 도인이나 성인이 하는 '한말씀'도 아니고, 어른들이 하는 '훈계조' 말씀도 아니다. 더군다나 누가 누가 더 착한가를 겨루는, 선행을 권장하는 것도 아니다. 선행에만 사로잡혀 있으면 세상을 보는 시야가 좁아질 수밖에 없다. 명토 박아 이르건대 생활글은 착한 사람들을 줄 세우는 게 아니다. 그러므로 글 속에서 세상을 사는 온갖 사람들의 모습을 잘 그려주기만 하면 된다.

어른도 그렇지만 청소년들에게 글쓰기는 배설 내지는 정화 작용이다. 글을 쓰면서 스스로 치유를 하고 나아가 성찰까지 한다. 글틴의 청소년들도 글쓰기를 통해서 답답한 학교와 가정의 일상에서 벗어나 세상과 자신을 오롯이 볼 수 있었다고 한다. 아마도 모두들 생활글을 쓰는 동안 자신의 삶을 더욱 풍부하게 했을 것이며 영혼이 부쩍 성장하는 것을 느꼈기 때문에 그렇게 말했을 것이다.

예나 지금이나 청소년들이 겪는 일은 크게 달라지지 않았다. 이 책에 들어있는 글들이 글틴 게시판에 올라올 때보다 지금 사회가 더 좋아졌다고 할 수도 없다. 예전의 청소년이 했던 고민을 지금의 청소년도 하고 있다. 지금, 이 순간을 살아가는 청소년들도 이 글을 읽으면서 자신의 고민을 정확하게 인식하고 앞을 헤쳐 나갈 힘을 얻으리라. 공감하는 글이 한 편만 있어도 좋은데, 이 책의 글들은 한 편이 아니라 편 편마다 다 공감이 갈 듯. 글들의 영역이 넓기 때문이다.

여기 실은 글들은 개인의 관념적인 감상이 아니고, 학교생활(입시, 따돌림, 폭력, 성추행 등), 집안 문제, 이성에 대한 호기심, 현재와 미래의 삶 등 다양한 소재로 독자들을 만난다. 지금의 청소년들은 청소년기를 먼저 보낸 선배들의 글을 읽으며 도움을 많이 받을 수 있으리라.

집에 가자

인천항에서 낯선 이 포구까지/오는 데 수십 일이 걸린 데다/그 사이 몸은 다 식고/손톱도 다 닳아졌으니/삼도천이나 건넜을까 몰라/구조된 것은 이름, 이름들뿐/네 누운 이곳에/네 목소리는 없구나/집에 가자 이제/집에 가자

— '피에타' 전체

김해자 시인의 시집 '집에 가자(삶창 펴냄)'를 읽었다. 세월호 수장 사건 뒤 썼을 이 시. 가슴이 먹먹하다. 읽는 이의 숨을 막히게 하는, 애타게 하는, 더 먹먹한 시도 있다. 세월호가 잠길 때의 외침!

배가 잠기고 있어/내가 잠기고 있어,/마침표 같은 건 찍지 마, 돌아오고 말 테

니/꺾어도 가만 있는 꽃 같은 건 되지 않을 거야,/증언도 못하는 새도 아니고 물고기도 아니고,/반드시 사람으로, 난, 다, 시, 와, 야, 겠, 어,

- '김동협' 부분

세월호 때 죽은 이태민 학생의 사연도 가락에 실어 냈다.

현관에 가지런히 놓인 다섯 식구 신발들/아홉 살 막내 분홍 신발 샌들 옆에 250밀리 운동화,/신발 주인은 아직 귀가하지 못했다.

- '이태민' 부분

이 시를 읽다가 가슴이 탁 막히는 부분이 있었다.

멀리 현장 가 있는 아빠 대신 현관문 잠그던 태민이는/빈 신발이다 문밖을 향한 운동화 속엔/들어갈 발이 없다 구겨 신을 발뒤꿈치가 없다.

- '이태민' 부분

아빠 대신 문을 잠그던 아들. 이제 없다. 신발 주인은 영원히 돌아오지 않는다. 이름은 어쩌자고 클 태(泰) 백성 민(民)이어서 '큰 백성'이었을꼬! 큰 백성은 끝내 큰 백성이 되지 못하고 영원히 학생으로 남고 말았다.

김해자 시인은 대학을 나온 뒤 학문의 길을 가기보단 모순에 찬 현실과 소외된 이웃들의 삶이 눈에 들어와 시다/미싱사 등을 두루 겪었다. 몸을 앓고 난 후 서울을 떠나 낮엔 농사 짓고 밤엔 공부하고, 부르는 곳이 있으면 기꺼이 간다. 요양병원의 어르신들도 자주 만나러 간다. 그의 요양병원 방문 경험은 산문 '소년 소녀는 늙지 않는다.(산문집 〈내가 만난 사람은 모두 다 이상했다/아비요 펴냄〉)' 에 수록되어 있다.

요양병원에서 겪은 일 한 토막.
늘 즐겁게 노래하고 느닷없이 일어나 춤을 추곤 하던 '아리랑' 할아버지가 그날따라 풀이 죽어 있었단다. 그래서 살짝 여쭈어 보았다. 그랬더니 서울에서 온 '이쁜이' 할마시가 다른 '놈'하고 손을 잡았다는 대답. 그러면서 소년 소녀는 늙지 않는다고 이야기를 풀어나간다….

나는 문학 강의 때 수강생들에게 자주 이 산문 전체를 읽힌 뒤 이런저런 이야기를 들려준다.

'내가 만난 사람은 모두 다 이상했다'를 읽고 '비오는 날 읽기에 딱 좋네요! 나도 이상한 사람이라서…'라고 문자를 보냈더니 'ㅎㅎ 점잖게 이상하지요.'라는 답을 보내온 기억이 난다.

그는 시골에 살지만 세상일 돌아가는 것을 다 안다. 시골이라고 삶이 없겠는가. 그는 시골에서도 서울을 걱정한다. 두서너 해전엔 재능교육의 농성 자리에 그가 불러나간 적이 있다. 나가서 내 소설 한 부분을 읽어주며 근처 성당 종탑에서 숙식을 하는 조합원을 격려하기도 했다.

그가 잘 부르는 '목포의 눈물'을 언제 또 들을지. 그는 낙천적인 사람처럼 잘 웃지만, 속으론 늘 울고 있음에 틀림없다.

아빠, 오늘은 뭐하고 놀까?

📖

'아빠, 오늘은 뭐 하고 놀까? (학교도서관저널 펴냄)'

열 살 먹은 딸과 함께 잘 논 이야기를 보면서 시끄러운 세상사를 잠시라도 잊을 수 있었다. '거미'의 박성우 시인이 딸과 함께 여기저기 돌아다닌 이야기. 딸인 규연이가 글을 쓰고, 시인인 아빠가 사진을 찍은 책. 잡지 '학교도서관저널'에 연재할 때 초등 3학년이었던 규연이의 열렬한 독자였는데 단행본으로 나오니 더욱 반갑다.

두 부녀는 어쩌면 그냥 논 게 아니다. 세상의 모든 것이 책 읽기나 마찬가지였다. 만나는 사람도 저마다 한 권의 책이었고, 자연과 도시 풍경 보는 것도 책 읽기나 마찬가지였다. 나는 두 사람이 부럽다. 부러우면 진다는 말대로, 나는 졌다. 나는 딸이 없다. 내 속의 아이도 박성우 시인의 속에 있는 아이보다 더 순수하지 못한 듯하다. 어느 모로 보나 50년대 산인 내가 70년대 산인 젊은 아빠에게 지지 않을 수가 있을까만.

친구 같은 아빠, 친구 같은 딸. 물론 쉽지 않다. 쉽지 않기에 두 부녀의 작업이 더 돋보인다. 두 부녀의 세상 읽기에 엄마와 외할머니, 친할머니도 등장한다. 가족, 친지도 평소에 '사랑'으로 맺어지지 않았으면 어려운 일이다. 규연이는 '할머니 책, 외할머니 책'으로 이름 붙여 두 할머니랑 여행하는 이야기도 자연스레 풀어놓는다. 우연의 일치이겠지만 할머니 두 분의 이름은 똑같이 '김정자'이다.

잘 놀아야 한다. 근데 나이 들수록 노는 법을 잃어버리는 현대인. 그래서 칠레의 시인 네루다는 이렇게 노래했으리라.
'나였던 그 아이는 어디 있을까,
아직 내 속에 있을까 아니면 사라졌을까?'
나였던 그 아이를 잘 데리고 노는 일. 나이 들수록 중요한 줄알지만 그게 잘 안되니.

세상이 시끄럽고 어지럽지만 내 속의 아이를 찾아 다시 어려

지고 싶다. 박성우 시인이 어린 딸과 잘 어울려 지낼 수 있는 것
도 어쩌면 자신 속에 들어 있는 아이의 모습을 딸에게서 보는지
도.

내가 졌다!

두어 해 전 온양 어느 학교에서 같이 강연을 한 뒤 중국요리집에서 점심을 먹을 때 이정록 시인이 '동심 언어'를 들먹였다. 들어보니 아주 방대한 작업이었다. 드디어 그게 책으로 나왔다. '동심언어사전(문학동네 펴냄)'

내 알기로 글쟁이 선배가 후배에게 밀려나면서 '내가 졌다'는 표현을 한 예는 두 번 있었다. 한번은 노래 시합을 좋아했던 김지하 시인이 이동순 시인을 찾아가 새벽 4시까지 노래 시합을 하다 '밑천(?)'이 떨어지자 이동순 시인이 노래를 더 많이 안다고 인정하며 뒤로 벌렁 자빠지면서 한 말. 또 하나는 입담 좋기로 소문나서 '황구라'라고 불렸던 소설가 황석영이 이정록 시인의 입담에 밀려 자기 자리를 내주면서(?) 내뱉은 말.

이정록 시인은 특히 남인수 노래를 부를 때 '세월은 가도 노래는 남는다~'며 내뱉는 사설에 이어지는 노래 솜씨도 일품!

황구라를 이길 정도의 입담을 지닌 이정록 시인. 그의 사물에 대한 관찰력과 언어 부림에 놀랄 때가 많다. 현재 고등학교 교사이지만 전업시인을 꿈꾸는 그의 왕성한 생산력과 술을 좋아하면서도 술 마신 뒷날에도 뭔가를 정리하는 그의 성실성에 '나도 졌다!'

그의 ' 동심언어사전'은 시의 형식을 빌려서 시와 사전의 장점을 취했다. '지우개 똥'을 노래하는 시는 이렇다. '눈 씻고 찾아봐도 똥구멍이 없다./지우개가 제 똥구멍부터 지웠나 보다.' 지우개의 역할과 똥의 역할을 한데 묶어 말했다. 지우개가 똥을 싸는 자기 똥구멍부터 지워버렸다는 발상⋯. 누가 봐도 어린아이 마음, 즉 동심이다. 그래서 그는 말한다. '동심이 없으면 언어는 빛나지 않는다'고! 그는 태초에 동심이 있었다고 느낀다. 그래서 언어는 동심의 놀이터라고 자신 있게 말한다. 늘 동심을 들먹이며 사는, 명색이 동화작가이기도 한 나. 그의 당당한 동심론에 '나도 졌다!'

이소베 선생님, 어디 계십니까?

짐승은 태어난 지 얼마 되지 않아 대부분 제힘으로 어미젖을 찾아 물고, 곧이어 일어서서 걷는데 유독 인간만은 그렇지 않다. 언필칭 만물의 영장이라는 인간은 태어나는 순간은 물론 그 뒤로도 상당 기간을 다른 포유류와는 댈 수도 없을 만큼 어미의 많은 손길을 필요로 하고 홀로 서는 데에만도 여러 해가 걸린다.

특히나 독립된 개체로 서서 스스로 '먹이'까지 해결하는 데에는 오랜 훈육 기간이 필요하다. 왜 그럴까? 이는 바로 인간은 다른 동물과는 달리 오로지 먹이를 위한 본능만으로 살지 않아야 하기 때문일 것이다. 인간이 다른 동물처럼 먹이 본능에만 충실한 동물로 진화되어 왔다면 모르긴 몰라도 동물 가운데에서 가장 난폭한 성질을 가진 존재가 되었을 것이다(지금도 난폭하지만!).

인간은 다른 동물과 달리 오래도록 훈육되고 교육을 받아야 생물학적으로나 사회적으로나 홀로 설 수 있다. 물론 다른 동물들도 집단으로 어우러져 사는 경우엔 나름대로 종족 보존 차원에서 본능적인 생존 훈련을 거치는 걸 볼 수 있다. 그러나 인간만큼은 아니다.

근대 이후 인간을 그나마 이성적인 존재로 만들어가는 일은 학교라는 조직을 통해 이루어지고 있는 게 일반적이다. 그런데 그 학교가 늘 말썽이다. 인간의 삶이 동물의 세계와는 달라야 한다고 생각해서 만들어진 게 학교일 텐데, 그 학교에서 벌어지는 일이 동물의 세계와 별반 다르지않는 경우가 많다.

지금 당장 아무 언론 매체나 한번 들여다보라. 학교 폭력에 대한 기사가 바로 눈에 띌 것이다. 지각했다고, 그것도 겨우 5분 늦었다고 교사가 학생에게 매를 200대씩이나 안겼단다. 엉덩이가 터져 피가 나고 살이 문드러져도 '사랑의 매'란다. 봉건 시대에나 있던 곤장질이나 마찬가지이다. 또 어리디어린 초등학생을 때리다 동영상에 찍힌 교사에다 화장실까지 쫓아 들어가 성추행하는 교사가 있는가 하면 장애 학생을 지속적으로 성추행한 교사도 있다. 어찌 보면 나름대로 질서를 갖추어 사는 동물의 세계만도 못한 일이 학교 안에서 벌어지고 있는 것이다.

교육을 맡은 중요한 주체인 교사가 이러니 학교 울타리 안에서 지내는 학생들도 점차 비뚤어져 나가기는 마찬가지이다. 걸

핏하면 친구를 때리고, 뭔가 또래 집단과 조금만 달라도 이른바 '왕따'를 시킨다. 그러면서도 조금도 문제의식이나 죄의식을 느끼지 못한다. 되레 피해자가 따돌림을 당할 만한 이유가 있다고 우기거나, 자신이 가만히 있으면 거꾸로 따돌림을 당할까 봐 적극적인 가해자로 나서기도 한다.

　그림 동화책 '까마귀 소년(야시마 타로 글·그림/윤구병 옮김/비룡소 펴냄)'은 바로 아이들의 따돌림 이야기이다. '땅꼬마'라 불릴 만큼 몸집이 아주 작고 친구들하고도 잘 어울리지 못하는 아이가 학교에서 소외되어 지내는 동안 스스로 어떻게 견디는가 하는 게 눈물겹게 그려져 있다. 이야기가 그 정도로 맺어지고 말았다면 독자의 감정은 땅꼬마 아이에 대한 동정심만으로, 또 따돌림을 시키는 아이들을 질책하는 정도로 그쳤을 것이다. 그러면서 '아이의 성격에 문제가 있기는 있다'라고 애써 재단하고 더는 마음 아파하려 하지 않을 것이다.
　작가는 바로 그때 이소베 선생님을 등장시킨다. 이소베 선생님은 소외된 땅꼬마에게 눈길을 준다. 아이는 공부 말고는 다른 아이들보다 더 많은 걸 알고 있었다. 머루가 열리는 곳은 어딘지, 돼지감자가 자라는 곳은 어딘지…. 선생님은 땅꼬마가 그린 그림이나, 붓글씨 같은 걸 일부러 교실 벽에 붙여주면서 아이를 소외에서 벗어나게 해준다. 그리고 무엇보다도 아무도 없을 때 아이와 많은 이야기를 나눈다.

땅꼬마는 마침내 학예회 때 무대에 오르게 된다. 바로 까마귀 울음소리를 내기 위해서이다. 그때까지만 해도 모두들 '웬 까마귀 울음소리?' 하면서 의아해하거나, '저 별 볼 일 없는 애가 뭘 할 수 있겠어?' 하는 분위기이다.

무대에 올라간 땅꼬마는 알에서 갓 깨어난 새끼 까마귀 소리에서부터 아빠 까마귀 소리까지, 또 마을 사람들에게 좋지 않은 일이 일어났을 때 까마귀들이 내는 소리도 들려주었다. 무대 아래 아이들은 까마귀 소리 따라 모두들 마음이 땅꼬마가 타박타박 걸어 학교로 오던 저 먼 곳으로 끌려갔다. 그 과정에서 땅꼬마의 깊은 내면을 자신의 것으로 받아들이게 되어 모두 울고 만다. 마침내 아이들은 땅꼬마와 함께한 지난 여섯 해를 뒤돌아보며 자신들의 내면도 들여다보게 된다. 자신들이 얼마나 몹쓸 짓을 했는지. 이 대목에서 독자는 아이들의 따돌림은 가해자든 피해자든 다 상처를 안게 된다는 걸 알게 된다.

학교에서 무슨 일이 터질 때마다 '일개 교사가 무얼 할 수 있느냐'며 되레 항변하는 교사 들이 많다. 그러나 교사가 할 수 있는 일은 많다. 무엇보다도 상처 입은 아이들을 진심으로 대해주는 것, 그것만으로도 교사는 '훌륭'해질 수 있다. 그리하여 교사가 바뀌면 학교가 바뀌고 아이들이 바뀐다. 그런데 뜻밖에도 교사들은 상처받은 아이에 대해 무심하다. 아니, 되레 교사 자신이 상처를 입히기까지 한다.

　내 개인적으로 볼 때 어른으로 성장하여 스스로 '먹이'를 챙길 수 있을 때까지 스무 해 가까이 학교를 다녔지만 딱히 존경할 만한 선생님이 떠오르지 않는다. 예나 지금이나 학교의 폭력은 마찬가지였고, 무슨 일이 터지면 그때만 잠깐 시끄럽다가 다시 조용해지곤 했다. 단지 지금은 예전보다 더 많이 알려지고 있을 뿐이다.

　아이들에게(어른들에게?) 이런 작품을 안겨준 작가는 역시 다른 사람이다. 일본인이지만 일본의 군국주의에 반대하여 고국을 떠나 살아야 했다. 그런 그이기에, 국가의 폭력을 헤아릴 안목이 있기에 교육의 폭력, 일상의 폭력도 눈에 들어왔을 터. 지금 신사 참배를 강행하며 신군국주의 체제를 획책하는 일본의 정치꾼들을 보고 있노라니 우리나라보다도 일본의 앞날이 더 걱정스럽다. 작가 야시마 타로 같은 인물은 이제 일본에 더 없는가?

희망에서 비롯된다 모든 슬픔은

권혁소 시인은 최근 펴낸 시집 '우리가 너무 가엾다(삶창 펴냄)'에서 느닷없는 사랑처럼 시가 왔다고 했다. 시 아니고선 이 세상과의 불화를 가라앉힐 수 없었기 때문이란다. 맞는 말이다. 그는 늘 세상과 불화한다. 기실 그의 불화는 역설적으로 '희망' 때문이다. 그래서 그는 '무지 때문이 아니라/희망에서 비롯된다. 모든 슬픔은//('슬픔에게' 부분)'이라고 노래한다.

그는 가슴 깊이 희망을 품고 있기에 강원도 지역 교사들의 구심점이 되는 전교조 활동을 누구보다 열심히 하고, 시를 쓰는 글쟁이로서 작가회의 일에도 앞장선다.

그는 음악 교사다. 음악으로 출발했지만, 시도 쓰고 서예도 일가를 이루었고, 사진도 수준 급으로 찍는다. 한 몸에 여러 재능이 실리는 행운(?)을 안은 그. 편하게 살자면 한없이 편하게 살 수 있었으리라. 교육공무원으로서 퇴직 후 나올 연금이나 계산하면서. 그러나 그는 아슬아슬하게 살았다. 미래의 노동자가 될 어린 학습노동자들과 격의 없이 어울리면서….

'(…)/음악 선생님도 아니고 권혁소 선생님도 아닌 나는 그냥 학주다/체육대회나 소풍날에는 더러 학주 쌤이나 혁소 쌤이 되기도 하지만/나의 등장에 아이들은 야야 학주 떴다, 동네방네 까발린다/그도 그럴 것이 내 눈은 점점 도다리나 가자미를 닮아/왼편 것은 잘 보지 못하게 되었는데 이 모두/애들 탓이라고만 한다. 나는/존나 짜증 나는 존재이며 재수가 없기도 하고/더러는 한판 붙어 볼까의 대상이기도 하다//(…)

— '학주' 부분

권 시인의 실상을 보고 탄식의 입맛을 다셔야 하겠지만 웃음이 먼저 난다. 그래서 그도 이런 시를 썼을 것이다.

'(…)/그대도 한때는 무서운 요즘 애들이었네/잊지 말게, 요즘 애들이 커서 끝내는/광장이 된다는 사실/나라가 된다는 사실

— '나도 한때는 요즘 애들이었다' 부분

내가 생물학적으로 권 시인보다 나이가 많아 형으로 불리기에 항상 젊은 그가 부럽지만, 그도 이제는 나이를 의식하나 보다.

'(…)/답안지 정리를 하고 돌아와 보니/칼로 도려낸 것처럼 젊은 선생 다섯이/그렇다, 사라지고 없다//(…)

– '선생하다 늙었다' 부분

하지만 그는 아직 씩씩하다. 지난번 시집 '아내의 수사법(푸른 사상 펴냄)' 시인의 말에 그는 '절망은 정치인들이나 하는 것이다. 단단하게 살자'고 적었다. 그러면서 봄을 믿는다고 했다.

그림책, 잃어버린 자리를 찾아서

2016년 6월 13일은 그림책 관련자들에게 뜻깊은 날이다. 뒤늦은 감이 있긴 하지만 그날 '그림책협회'가 발족되었기 때문이다. 지난 10여 년 동안 그림책은 해외 도서전 같은 데에서 먼저 인정받았다. 이는 비언어적 표현인 회화의 보편성이 한글을 모르는 이들에게도 통했기 때문이다. 하지만 국내에서는 그림책에 대한 이해나 대접이 소홀했다.

일단 그림책은 문학도 아니고 미술도 아니라면서 도서 분류 기호조차 없다. 그림책이라는 이름은 있으나 도서관에서고 서점에서고 확실한 자기 자리를 인정 못 받고 있으며, 그림책 작가는 한국 공식 직업 분류표에도 없다. 이러한 현실을 타개하기 위해 그림책 관련자들이 그림책협회를 만든 것이다.

그림책은 그림 자체가 글의 보조적인 역할만을 하는 삽화가 아니라, 그림 자체가 이야기를 담고 있다. 그래서 극단적으로는 그림만 보아도 이야기의 흐름을 짐작할 수 있다. 그러기에 어린 아이는 물론 글자만 있는 책이 부담스러운 어른들도 쉽게 접근이 가능하다.

예술의 발생 순서에 따른 예술 분류법에 그림책이 이제 제 10 예술로 들어갈 날도 멀지 않았다. 제 9 예술은 만화이다. 시사하는 바가 크다!

재난의 시대

지구 온난화 영향으로 요 며칠 새 겨울답지 않은 겨울이 계속되고 있다. 겨울이 따뜻하게 된 것 자체가 실은 재난이다. 그렇게 지구가 변해버려서 여러 문제가 발생한다. 그런데 겨울이 따뜻한 건 단순한 자연재해가 아니다. 인공 재해이다. 세월호를 비롯, 원자력 문제 등 재난 아닌 것이 있으랴만.

근대에 서구에선 학교를 하나 만들면 감옥이 하나 사라진다고 했다. 그런데 시간이 지나니 학교가 하나 생기면 감옥도 하나같이 생겼다. 우리나라는 학교 자체가 감옥이지만…. 어찌 보면 우리나라에선 학교가 재난의 온상이다. 학교라는 공간. 하나의 정답만 가르치는 공간. 감옥 같은 공간. 그런데 우리나라만 그런

게 아닌 듯.

　마이클 노스롭이 쓰고 김영욱이 옮긴 미국의 재난 소설 '트랩: 학교에 갇힌 아이들(책담 펴냄)'을 보니 우리에게만 학교가 감옥인 게 아니다. 물론 이 소설에선 폭설 때문에 학교에 갇힌 아이들의 고립감에 따른 절망과 인간의 본성 등을 다뤄 얼핏 보면 단순한 자연재해 소설 같기도 하지만 한 꺼풀 벗기면 학교라는 공간이 갖고 있는 상징성이 읽힌다.

　성탄절 새벽에 하필 재난 소설을 손에 쥐게 되었다. 아마도 내 무의식 속에 작금의 모든 게 재난 아닌 게 없다고 박혀 있는 모양이다. 하긴 자연재해인 듯 보이지만 기실은 다 인공 재해인 게 어디 한 둘인가!

4부

책의 안팎

통속소설인 줄 알았더니 심리묘사
'감탄'… 고전은 다시 읽어야!

책은 한번 읽고 말 것도 있고, 곁에 두고 틈날 때마다 들쳐보아야 하는 것도 있고, 나이가 먹어 가면서 다시 읽어야 하는 것도 있다. 특히 문학작품은 나이에 따라 이해하는 폭이 다르니 사는 동안 여러 차례 읽어야 한다고 생각한다.

내 경우는 러시아 작가 톨스토이의 '안나 카레니나'가 나이대에 따라 다시 읽을 때마다 이해의 폭이 달랐던 소설 가운데 하나이다.

중학교 졸업 나고 도회로 고등학교를 진학했을 때 자취방 앞집에 살던 선배 집에서 가져와 읽은 '안나 카레니나'. 세계 명작

집에 실려 있었다. 고등학생은 이런 것도 읽어야 하는구나 하고선 읽긴 읽었는데 그다지 재미가 없었다. 세로 조판에 2단으로 촘촘하게 박힌 활자. 도회의 고등학생 노릇하려면 읽어야 하는 줄 알고 의무로 읽긴 읽었는데, 그때 내 소견은 '뭐 이런 게 있어? 선데이서울에 다 나오는 이야기잖아!'였다. 유부녀가 바람 피우는 이야기로 단순하게 여겼으니까. 이런 정도 이야기를 장황하게 길게 길게 하다니! 톨스토이도 참 대단해. 정비석의 '자유부인'보다 더 재미없다고 느꼈다. 중학교 때 행낭채 아버지 방 다락에서 꺼내 읽은 톨스토이의 '참회록'이 이래서 나왔구나, 했다.

그런데 대학의 문예창작과에서 학생들과 수업하기 위해 다시 읽은 뒤 내뱉은 첫마디는 '어? 단순한 불륜 소설이 아니네.'였다. 당시 러시아의 농노제, 관료사회, 혁명, 어떻게 살아야 하는가? 등 19세기 러시아 사회를 이해할 수 있는 장치가 눈에 들어왔다. 인간들에게 만고불변인 사랑의 감정도 같이….

그러다가 몇 년 전에 다시 읽으니, 톨스토이가 어쩌면 여자의 심리를 저렇게 잘 그렸지? 하는 감탄을 하였다. 여자의 심리만이 아니라 소설에 등장하는 남자들의 심리묘사도 마찬가지!

'인문학은 밥이다(RHK 펴냄)'를 비롯 자신의 여러 책에서 독서의 중요성을 강조하는 인문학자 김경집의 '다시 읽은 고전(학교도서관저널 펴냄)'을 보면서 같은 마음을 느꼈다. 고전은 다시 읽어야 한다.

그이 말을 직접 들어보자.

'같은 책을 다시 읽는 이유는 단순히 지식 습득을 위해서가 아니다. 내 생각과 판단이 얼마나 변했는지 가늠하기 위해서이다. 처음에 읽었을 때와 나중에 다시 읽었을 때 그 해석과 이해가 달라진다면 내가 변화했거나 진화했기 때문이고, 또 다른 하나는 시대가 달라졌기 때문이다.'

나도 전적으로 동의한다.

그래서 그는 머리말 제목을 아예 '읽을 때마다 새롭게 다가오는 책에 대하여'라고 했다. 100% 공감하는 말이다. 그가 다시 읽은 소설 가운데에 마르케스의 '백 년 동안의 고독'과 카잔차키스의 '그리스인 조르바'를 조만간에 다시 읽어볼 생각이다.

대중의 취향에 따귀를 때려라!

20세기 초 러시아의 미래주의 시인이자 볼셰비키 혁명을 열광적으로 지지했던 마야코프스키. 그가 동료들과 미래주의 선언을 할 때 쓴 선언문의 제목 '대중의 취향에 따귀를 때려라(책세상 펴냄)'가 자꾸만 떠올랐다. 어제오늘 강연 때문에 한적한 길을 운전하며 달릴 때마다….

'대중'이라는 말 대신 넣을 수 있는 말들이 너무 많다. '사법 농단한 자들', '부패한 자들', 눈먼 돈으로 치부한 자들', '땅 투기한 자들', '국기 문란한 자들', '적반하장인 자들', '나라돈으로 호의호식한 자들', '시시비비를 가리지 않고 권력에 부역한 기레기들', 수도 없이 많은 '○○○○ 자들'….

근데 '세월호' 등에 분개한 촛불 시민의 지지를 업고 집권한 문정부. 따귀 맞을 '자들'에게 따귀를 때리지 않음으로써 시간이 갈수록 점점 스스로를 옭아매고 있는 듯하다. 나만의 기우일까?

마야코프스키는 평소에 '애증'의 관계였던 시인 예세닌이 한 해 전에 자살하면서 남긴 시구를 예세닌의 죽음에 부쳐 쓴 시 '세르게이 예세닌에게'에서 그대로 인용한다. 그리고 자신도 자살하고 만다.

'이 세상에서,
　　죽는다는 건 어렵지 않네
　그보다 더 힘든 것은
　　　사는 일'

마야코프스키, 그는 사랑에도 실패했지만, 혁명 후에도 변하지 않는 관료주의(지금 대한민국 현실도 마찬가지인 듯)와 절망적인 정치/경제 현실에도 실망했을 듯.

2018년 대한민국에서도 죽는 게 사는 일보다 더 쉬운 일이 되는 일은 제발 없었으면! 마야코프스키가 미래파 선언을 할 때 단호히 부정했던 톨스토이도 어떤 소설에서 등장인물이 죽자, 삶이 끝난 게 아니라 '죽음이 끝났다'고 묘사했다.

그늘 곁으로

부여의 신동엽문학관에 회의가 있어 다녀왔다. 오후에 열리는 신동엽 문학제는 참석을 못하고 회의만 하고 서둘러 서울로 돌아왔지만. 지난번 회의 때에는 길이 워낙 막혀 회의 끝나고서야 도착했기에 이번엔 새벽부터 서두른 덕에 늦지 않게 도착했다.

서울로 오는 길은 김응교 시인과 함께했다. 참으로 오랜만에 버스에 나란히 앉아서 왔다. 90년대 초 마산의 이아무개 시인 어머니상 때 같이 다녀오고, 홍성의 이아무개 시인 아버지 상 때 다녀온 뒤론 아마도 처음인 듯싶다. 육친의 정을 나누고 지내는 사이이지만 그간 20여 년 세월 동안은 함께 하기가 되레 어려웠다. 그도 그럴 것이 몇 년 전 어느 자리에서 강형철 시인이 설명한 대로 동아시아에서 가장 바쁜 사람 가운데 한 사람인지라(그때 강형철 시인이 동아시아에서 가장 바쁜 사람으로 꼽은 사람은 도종환 시인, 김응교 시인, 그리고 본인 박가였던 것 같은데, 본인 박가는 그들에 비하면 바쁜 것도 아니다!)

바쁘기로는 김응교 시인을 따라갈 사람이 없다. 그의 하루 일정은 긴 종이에 시간대별로 적어 넘겨야 할 정도이다. 내 일정은 수첩에 다 적히는데. 도종환 시인은 동에 번쩍 서에 번쩍하면서도 시를 써내는 것 보면 부럽고 부러울 뿐이다. 게다가 김응교 시인은 국제적이기까지 해서 일본 와세다 대학에서 10여 년간 강의도 했다. 그야말로 동아시아적인 인물!

그의 책 '그늘(새물결플러스 펴냄)'과 '곁으로(새물결플러스 펴냄)'를 들쳐본다. 연재할 때와 표사글 쓸 때 읽었지만 언제 보아도 글을 잘 쓰고 책을 잘 만들었다는 느낌이다.

그늘은 내 어렸을 때 늘 듣던 말. 판소리 같은 걸 잘해도 '그늘'이 없으면 이른바 '귀 명창' 들이 아쉬워했다. 그늘이 없으면 흉내 잘 내는 앵무새에 불과하다며. 김응교 시인의 말에 따르면 '예수도 그늘을 닮은 존재'였단다. 그래서 책에는 막장 인생이라고 할 수 있는 거지, 빈민, 창녀들이 서슴없이 나온다. 지은이는 그들이야말로 문학의 숨은 신으로 여긴다.

문학은 넘치는 것을 다루기보다는 부족한 것을 다룬다. 뭔가 결핍을 가진 존재. 결핍을 가진 사회 등등이 문학의 소재이다. 그들은 모든 종교에서 말하는 소외 된 이들이고 주변부 사람들이다. 김응교 시인은 기꺼이 그들 편이다. 그들의 나직한 목소리를 정성껏 듣고 어느 책에서고 그들의 목소리를 정갈한 문체로 담아낸다.

'그늘'에 이어 '곁으로'는 그런 문학의 공간으로 안내하는 책이다. 제목만 본 많은 이들이 문학 명소를 안내하는 여행서로 보기 십상이지만, 첫 장을 펼쳐보고선 이내 곧 뜨악해할 듯. 사실은 이 책에 나오는 공간이 명소이긴 하지만!

산문집을 읽는 밤

두어 해 전 수필 전문지인 '한국산문'에 '산문정신과 시정신'에 대해 몇 자 끼적인 적이 있다. 그때 이런 요지로 글을 썼다.

'산문은 어떤 목적을 이루기 위해 언어를 도구로 사용하는 것을 말한다. 산문의 주요 기능은 의미의 확산, 즉 설명에 있다. 설명을 하려면 운율 같은 것에 구애받지 않고 오로지 독자의 지적인 이해에 호소해야 한다. 말하자면 사실, 상황, 지식, 정보 등을 잘 전달하기 위해 언어를 사용한다. 그때 독자는 글쓴이가 사용한 언어의 사전적 의미나 문맥적 의미를 살펴 설득되거나 거부감을 나타낸다. 설명을 하여 독자를 설득하기 위해 산문은 필연적으로 객관성을 띠게 된다. 객관적으로 설명을 하다 보면 비판을 하게 되기도 한다. 객관적으로 혹독한 비판을 하는 것. 거기서 독자는 산문정신을 본다. 이는 산문가들이 세계를 객관화시키기 때문에 가능한 것이다.

시는 언어가 도구인 산문과 달리 언어 자체가 의미를 갖는다. 시의 언어는 어찌 보면 아주 비실용적이다. 현실적인 의사소통의 도구가 아니다. 언어 자체가 존재 의미를 가질 뿐이다. 시정신은 무엇인가? 시인은 세계를 자아로 끌어들인다. 그래서 공감 능력이 뛰어나다. 세상일이 자기 일이 되므로 시인은 아프다. 시인이 여러 직업 가운데 목숨줄이 가장 짧은 이유이기도 하다. 다른 이유가 있기도 하겠지만 통계적으로 시인은 소설가보다 일찍 죽는다. 이는 세상일을 자기 일로 느끼며 아파하는 것과 무관하지 않다. 공감 능력 없이 뻔뻔스럽기 짝이 없는 정치꾼은 오래 산다. 공감 능력은 곧 세계의 자아화이다. 시정신은 세상의 일을 자기 일로 느끼는 공감 능력을 말하기도 한다.'고 운운~

시끄럽고, 위태위태한 세상. 산문집 몇 권을 읽는 저녁. 아마도 내가 시방 '산문정신'에 목말라 있는 듯하다.

먼저 이재무 시인의 '집착으로부터의 도피(천년의시작 펴냄)'가 손에 잡혔다. 에리히 프롬의 '자유로부터의 도피'와 신영복의 '감옥으로부터의 사색'을 떠올리게 하는 제목. 이재무 시인과는 갑장이기도 하지만, 이런저런 인연으로 일찌감치 얽힌 사이. 삼십대 초반일 때 그는 입시 학원에서 국어를 가르쳤고 나는 영어를 가르쳤는데, 같은 학원 강단에는 서지 않았다. 나중에 내가 출강한 어느 대학에서 그는 시를 강의하고 나는 소설을 강의하며 드디어(?) 같은 강단에 섰다. 지금은 같은 강단에서 일반인에게 글쓰기 강의를 하고 있다. 그걸 보면 인연은 인연이라는 생각이 든다. 또 다른 얘기를 더 하자면 그는 술에 강하고 나는 술에 약하다. 근데 그가 강한 게 술뿐이랴! 생활에도 강하지만, 무엇보다도 문학에 강하다. 그는 시가 찾아오면 절대로 놓치지 않는다. 우리는 이제 시가 찾아오든 재물이 찾아오든, 사람이 찾아오든, 가수 조용필이 부른 어떤 노래의 가사처럼 '웃고 있어도 눈물이 나는' 사정을 알 만한 나이가 되었다. 그의 산문집을 읽으며 내내 그의 웃음 속에 들어 있는 눈물이 떠올랐다.

다음은 양문규 시인의 '꽃은 아무 말도 하지 않았다(시와에세이 펴냄)'. 양문규 시인과는 90년대 초부터 인연. 유독 꽃을 좋아하고 그걸 시로 형상화한 시인. 그의 첫시집 '벙어리 연가(실천문학사 펴냄)'를 받아들고선 그의 생김새와 시의 불일치(?) 때문에 잠시 혼란. 30대 중반 무렵 출강하던 대학의 학과장이 양문규 시인의 아버님과 맺은 인연을 들려주었던 기억도 난다. 내 개인적으론 90년대 후반 매주 토요일 북한산을 오르내리며 시대를 견뎠다.

그때 우리는 이름도 정했다. '물봉 산악회!'. 그는 이번 산문집에서 공자의 가르침인 '순천자(順天者)는 흥(興)하고 역천자(逆天者)는 망(亡)한다'는 말이 진리라고 믿으며 글을 썼다. 그가 주관하는 천태산 은행나무 시제에 한 번도 가지 못했다. 올해는 갈 수 있을는지.

꽃을 제목으로 한 산문집 하나 더. 몇 년전, 장안의 지가를 올렸던 동화 '괭이부리말 아이들(창비 펴냄)'의 작가 김중미의 산문집 '꽃은 많을수록 좋다(창비 펴냄)'. 이 산문집은 인천의 빈민 지역인 만석동의 괭이부리말에서 '기찻길 옆 공부방' 등을 꾸리며 괭이부리말 아이들 곁을 지킨 서른 해의 기록이다. 그간 어려움이 없었을까? 그이 글 속에서 웃은 날보다는 운 날이 많았음을 쉽게 찾아볼 수 있다. 그와는 이런저런 강연 자리에서 만나 그런 사연을 들었지만 도움을 주지 못했다는 자책감이….

마지막으로 읽은 산문집은 '벚꽃 문신'의 시인 박경희의 산문집 '쌀 씻어서 밥 짓거라 했더니(서랍의날씨 펴냄)'. 얼핏 보면 요즘 유행하는 음식 만들기 책 같다. 하지만 음식을 만드는, 조리법에 대한 정보 글보다는 어떤 음식을 조리하게 된 과정이 더 '맛있다!'. 특히 보령의 찰진 사투리에 버무려진 글맛이 일품! 가령 이런 대목.

"거시기, 내년 농사는 뭘 지을 겨?"

"알게 뭐여."

삐쭉거리던 입꼬리가 슬며시 올라간 박화수분 할배가 잡고 있던 바지춤을 내려놓고는 다시 잠뱅이 국물을 들이켰다.

"아무리 내 불알 가지고 백날 떠들어 봐야 내 손바닥이여, 알 간?"

"니미, 씨불알 가지고 드럽게 지랄하네."

"그럼 니 불알은 씨불알이 아닌 겨? 그럼 장순이는 누구 딸이 랴?"

윤동주는 시를 썼다!

사람들의 입에서 늘 회자 되는 말 가운데에 '고전이란 누구나 제목을 알지만 읽은 사람은 없는 책!'이라는 게 있다. 비슷한 말투로 하자면 '윤동주는 누구나 아는 시인이지만 그가 쓴 시를 제대로 읽은 사람은 없다!'. 우리 또래가 중고등학생일 때 연습장 뒷 표지에 가장 많이 인쇄되어 있던, 윤동주의 '서시'. 그 서시의 한 구절, '모든 죽어가는 것을 사랑해야지'에 붙들려 마침내 '처럼'이라는 책을 낸 김응교 시인. '처럼(문학동네 펴냄)'은 시로 만나는 윤동주 평전이다.

윤동주가 태어난 서기 1917년. 그해엔 통영의 작곡가 윤이상도 세상에 나왔고, 일본군 장교 출신 박정희도 태어났다. 그런데 각자의 삶은 어찌 그리 다른지. 김응교 시인과는 서른 해 가까운 젊은 시절에 만나 머리가 희끗희끗해지는 지금까지 육친의 정을 나누며 살고 있는 사이. 그는 동인지 '분단시대'로 시작 활동을 시작하여, 나중에 '한길문학'에 시를 발표하면서 본격적인 시인의 길을 걸었다. 이후 일본의 와세다 대학에서 한국문학과 한국문화를 10여 년간 강의한 뒤 지금은 서울의 숙명여대에서 훈장 노릇을 하고 있다.

김응교의 역작 '처럼'에 대해 고은 시인은 '윤동주의 숨결에 김응교의 숨결이 닿아 있다'면서 좋아라 했다. 열흘 전쯤 몇 사람이 만났다. 1985년 용정에서 윤동주의 묘를 발견한 일본의 오무라 마스오 선생도 함께한 자리. 그때는 한국과 중국 사이에 국교가 수립되기 전이라 한국인은 현지에 가지 못했다. 오무라 선생은 일찌감치 '윤동주와 한국문학(소명출판 펴냄)' 등을 통해 윤동주 연구에 반생을 바친 분이시다.

마침 그 자리엔 오무라 선생의 내외분과, 오무라 선생과 오래동안 교분이 있는 임헌영 선생, 그리고 이달 말 오무라 선생의 저작 집을 출간하는 소명출판의 박성모 대표도 함께했다. 게다가 얼굴만 봐도 즐거운 사이인 평론가 이윤호, 권성우, 정윤수 등 몇 사람이 더 있었다!

윤동주의 친구이자 고종사촌 형인 송몽규가 문학은 먼저 했다. 그는 이미 18세 때인, 중학생 신분으로 동아일보 신춘문예 콩트 부문에 당선되었다. 송몽규는 살아서 이미 문사였지만 윤동주는 살아서는 한 번도 시인이 아니었다. 죽고 나서야, 그의 시집이 출간되고 나서야 시인이 되었으니 운명이란 참 묘하다. 윤동주가 죽은 얼마 뒤 송몽규도 죽었다. 같은 감옥에서. 어려서부터 친구이자 형제 사이였던 두 사람. 문학도, 공부도, 죽음도 앞서거니 뒤서거니 하고 말았으니, 원 참!

막장이 따로 없는 요즈음, 일제 시대 때는 이미 국가가 개인을 보호해주지 못했던 막장 시절이었다. 그때는 아예 국가가 없었으니, 오호애재라, 윤동주와 송몽규의 죽음! 지금 이 순간에도 국가의 보호를 못 받고 죽어가는 이들이 한둘이 아니지만, 정치꾼들은 여전히 막장을 연출하고 있으니. 윤동주가 왜 '모든 죽어가는 것을 사랑해야지'라고 했는지 조금은 알 수 있을 듯!

영원한 죄 영원한 슬픔

촛불집회 때문에 어제 광화문에 나갔다가 나해철, 박몽구 시인을 만났다. 두 분은 나로 하여금 시를 쓰게 한 '5월시' 동인. 5월시 동인지가 아니었으면 나는 지금 모습과는 사뭇 다르게 살았을지도. '80년 5월 광주'를 겪은 뒤 광주를 벗어나 서울에서 생활했는데 신림동에 있던 '동방서적'을 자주 들렀다. 그 서점 주인은 나중에 국무총리도 하고 지금 국회의원을 하고 있는 이 머시기 씨. 그 서점에서 5월시 동인 3, 4, 5집을 가져와 밤새 읽은 뒤, 순전히 '치유' 차원에서 나도 시 비슷한 것을 쓰기 시작.

나해철 시인이 가을에 '영원한 죄 영원한 슬픔(문학과행동 펴냄)' 이라는 시집 한 권을 보내주셨는데, 이게 일반적인 시집 판형이 아니고, 내 젊은 시절 생업으로 하고 있던 학원의 영어 교재 같은 부피에다 얼핏 보니 내용도 '어마무시'해서 읽을 엄두를 내지 못하고 책상 위에 모셔둔 채 차일피일. 그도 그럴 것이 부제로 붙어 있는 '세월호 희생자 해원과 진상 규명을 위한 304편 연작시'가 크나큰 무게로 다가왔기 때문이다. '세월호'라는 말에 이미 압도 되었는데, '304편 연작시'에 다시 한 번 압도!

나해철 시인은 1980년 당시 전남대학교 의대 본과 졸업반이었고, 나는 상대 졸업반이어서 나이도 두 살 차이진다. '80년 광주'의 후유증으로 평생 시달린 게 세월호 연작시를 쓰게 된 계기. 믿었던 국가가 개인을 안 지켜주는 정도가 아니라 희생시키는 것, 그리고 고립되게 한 것이 어쩜 '광주'와 '세월호'가 같은지. 나는 지금 시보다는 청소년소설에 더 집중하고 있는지라, 소설로 '세월호'를 여러 편 썼다. 세월호를 쓰지 않고선 다른 글을 못 쓰겠기에.

나해철 시인은 대통령부터 선장에 이르기까지는 직접적인 죄인이지만 '지금 안전한 환경에/자기 자식들이 있다고 믿어/참사에 관심을 두지 않는 부모…'('세월호 죄인' 부분)도 죄인이라고 규정한다. 그래서 '슬픔에도 힘이 있다면/아이를 숨지게 한 이유는/찾아야 하리/찾을 수 있어야 하리…'('슬픔의 힘' 부분)라고 절규한다.

시를 써야 하는 운명

몇 번을 망설이다/민원실 들어서 신고서를 쓴다/볼펜이 나오지 않는다/오래 끌어온 탓에 벌금 삼만 원/얼굴이 하얀/창구 아가씨가 나를 들여다본다/돌아 올 수 있다면/돈이 얼마라도 버티겠건만/십구 년 전 너 태어날 때/이름 석 자 눌러 쓰던/이 손으로 네 이름을 지운다/(…)

– '네 이름을 지운다' 부분

신좌섭의 첫 시집 '네 이름을 지운다(실천문학사 펴냄)'의 표제작 일부. 아들의 사망 신고서를 쓰는 아비의 마음이 짐작된다. 열아 홉 해를 이 지상에 머물고 간 아들. 출생 신고서를 쓸 때는 미처 헤아리지 못한 일. 짐작도 못 한 일! 아들의 사망 신고서를 아비 가 쓸 줄이야….

아들이 세상을 떠나고 나서 갑자기 시가 몰려왔다. 아들은 남 몰래 시 습작을 하고 있었다. 그가 남긴 시 습작 노트를 보는 순간 시를 쓰게 된 아버지. 시를 쓰면서 십대 아들의 삶을 더 잘 이해하게 되었지만, 무엇보다도 아버지 스스로 치유가 되었다. 대한민국 최고의 의과대학(서울대학교 의과대학) 훈장이지만 아들의 죽음 앞에선 속수무책이었던 아버지. 시를 씀으로써 그나마 스스로를 달랠 수 있었으니….

신좌섭 시인은 '껍데기는 가라'고 노래했던 신동엽 시인의 장남이다. 신동엽 시인은 시대의 아픔을 외면하지 못한 채 일찍 요절했다. 신좌섭 시인은 대학에서 쫓겨난 뒤 시를 쓰는 일보다는 노동 현장 등지에서 젊은 날을 더 많이 보내었다. 뒤늦게 '쯩'을 따서 지금 의과대학 훈장 노릇을 하지만, 그를 볼 때마다 천생 시인이다 싶었다. 그와의 인연은 그의 모친인 인병선 선생이 꾸린 '짚풀생활사박물관'의 무슨 위원 노릇을 하게 되면서.

시집 '네 이름을 지운다'엔 참척의 슬픔을 겪은 아비의 마음을 노래한 시 말고도 아버지 신동엽 시인의 내밀한 삶을 짐작할 수 있는 시편('아버지의 옛집에서'/'금전출납부' 등)과, 신좌섭 시인의 삶을 엿볼 수 있는 시편이 여럿('여름날의 노동'/'너무도 투명한 햇살' 등)이다.

흔히 이름난 문인을 부모로 둔 경우 자식은 웬만해선 부모 영향 없이 '홀로서기'가 힘들어 다른 분야 일을 하는 경우가 많다. 어쩌면 신좌섭 시인도 젊은 날엔 아버지의 이름 세에 많이 눌리기도 했으리라. 60을 얼마 앞두고 첫 시집을 펴낸 소이도 그동안 시를 쓰기보단 시를 살기 위해서였는지도 모른다. 하지만 이제는 시를 써야 하는 운명을 벗어버릴 수가 없다고 여겨진다. 먼저 세상을 뜬 아들이 아비의 운명까지 결정해준 격이다.

언니가 간다

'둘이라서 좋아'. 이 말을 들으면 사람들 대부분은 연인이나 부부 관계를 떠올릴 듯. 그러나 김응 시인의 동시집 제목인 '둘이라서 좋아(창비 펴냄)'를 보자마자 나는 김응 시인의 동생을 떠올렸다. 그도 그럴 것이 두 자매는 결혼도 하지 않고 둘이 글쓰기를 하면서 함께 살고 있기 때문. 언니인 김응은 동시를, 동생인 김유는 동화를 쓰며 함께 산다. 때로는 글쓰기 동업자로, 때로는 친구로, 때로는 사랑하면서도 서로 속을 긁는 보통 자매처럼 티격태격하며 산다….

이번 시집은 언니인 김응 시인은 동시를 쓰고, 동생인 김유 동화작가는 편지 형식으로 발문을 썼다. 한국 문단에는 그간 부부 작가, 부녀(女) 작가, 모녀(女) 작가, 형제 작가, 자매 작가 등 많은 가족 작가가 있었다. 둘은 자매 작가로 이미 아동 문단에선 탄탄하게 자기 자리를 잡았다. 내 알기론, 일반 문학에선 시나 소설을 쓰는 형제자매가 있지만, 아동 문단에서 동시 쓰는 언니, 동화 쓰는 동생은 흔치 않은 '구성'이다. 두 자매와의 인연은 각설하고….

1학년 동생/공개 수업 날/친구들은/엄마도 오고/아빠도 오는데/아무도 없다며/울상이다//칠판에도/동생 얼굴 어른어른/도화지에도/동생 모습 얼룩덜룩/결국 선생님한테/화장실 다녀온다 말하고/동생 교실로 달려간다/동생아, 울지 마!/언니가 간다.

– '언니가 간다' 전체

두 사람의 관계는 이 시에 다 들어 있다. 일찍이 부모를 여의고 어릴 때부터 서로를 의지하며 살았다. 1학년짜리 동생이 걱정되어서 상급반인 언니가 수업시간에 빠져나와 동생 교실로 갔다. 한 편의 동시가 두 사람의 생애를 말해준다. 두 자매는 이런 관계이다. 더 이상 다른 말이 필요없다. 동시의 힘은 이런 데에 있다. 소박하게, 있는(있었던) 그대로 그리(렀)지만 만만치 않은 감동을 주는 것. 자꾸 일반 시가 어려워지지만, 동시는 어렵게 하지 않고도 읽는 사람에게 감동을 줄 수 있다….

아직도 같이 산다고요!

오늘은 하늘이 열린 날이라는 의미를 가지고 있는 개천절. 개천절을 떠올리면 이육사의 시 '광야' 첫 대목이 같이 떠오른다. '까마득한 날에/하늘이 처음 열리고'로 시작하는 시. 개천절에 '아직도' 냉전 사고에 젖은 인종이 있고, '아직도' 자기들처럼 못난 짓을 하리라 생각하고, '아직도' 구태의연하게 개 짖는 소리만 내지르는 인종들이 있고, '아직도' 세상이 바뀐 줄 모르는 인종이 많은 걸 새삼 느낀다. 아직도, 아직도, 아직도… 오늘 '아직도'가 제목에 들어 있는 책을 읽어서 그런지…

'아직도'라는 부사엔 많은 뜻이 담겨 있다. 내 개인적으로 '아직도'를 가장 강렬하게 기억하는 건 가수 이은하의 노래 '아직도 그대는 내 사랑'. 청춘 남녀 사이에선 '아직도'가 사랑이고, 부부 관계에선 헤어지지 않고 산다는 의미로 많이 쓰이는, '아직도'.

동시를 쓰는 언니와 동화를 쓰는 동생이 함께 펴낸 '아직도 같이 삽니다(김웅, 김유 지음/웃는돌고래 펴냄)'

두 자매는 같이 산다. 그렇게 된 먼 연유(?)는 언니가 열두 살 때, 동생이 일곱 살 때 부모님 모두 세상을 떠나셔서…. 학교 가기 전부터 동생은 언니가 못 할 게 없는 영웅으로 여겨졌다. 그래서 언니가 청소하느라 학교에서 좀 늦게 오면 집 앞길에서 기다리던 동생은 아무나 붙잡고 '우리 언니는 언제 와?'하고 묻는다. 아이들은 사실 '언니'가 누군지도 모른다. 그러나 동생은 언니를 '파워레인저' 정도로 여기기에 그렇게 물을 수 있었고, 또한 그 시절을 견뎠다.

자매는 남녀를 묶는 결혼 대신 둘이 같이 산다. 그렇게 사는 데에 후회는 없다고 한다. 지금 서로의 곁에는 다르면서도 비슷한 '짝'이 있으니까. 언니 생각에 어릴 때는 동생이 자신한테 물들어갔다면 지금은 자신이 동생한테 물들어가고 있다고 여긴다.

둘은 생긴 건 비슷하지만 성격은 많이 다르다. 먹성도 언니는 물고기를 좋아하는가 하면 동생은 육고기를 좋아한다. 언니는 시작은 창대(?)하게 하지만 끝은 시작에 비해 초라하단다. 대신 동생은 꼼꼼하고 소심(?)하게 시작하지만, 끝마무리는 야무지게!

　두 자매 모두 전업 작가 생활을 하기 전에 출판사 편집 일을 했다. 그때 따로따로 알았는데, 나중에 자매라는 소리를 듣자, 이름이며 생김새며가 비슷해 고개를 끄덕끄덕했다. 하지만 지금도 전화를 하면 언니 목소리와 동생 목소리를 가끔 구분하기 어려울 때도 있다.

　둘의 생활이 마냥 평화(?)롭기만 한 것은 아니다. 자매이지만 자잘한 일로 늘 부딪치는 모양. 그래서 둘은 손을 맞잡고 심리 상담을 받았다. 상담을 받으러 가면서도 서로 손을 잡고 갔다니, 따로 살 수 없는 운명!

　동생이나 나나 하소연은 달라도 듣고 싶은 말은 비슷했을 것이다.

　"언니가 옳습니다. 동생한테 문제가 많군요."

　나는 심리 상담사가 이러한 이야기를 해줄 거라 굳게 믿었다.

　"동생이 옳습니다. 언니한테 문제가 많군요."

　아무래도 동생은 심리 상담사가 이러한 이야기를 해줄 거라 굳게 믿었을 것이다.

　하지만 심리 상담사는 둘 다 옳다고 했고 문제가 없다고 했다.

다만 당장 따로 살아야 한다고 했다.

언니가 상담받은 일을 적은 내용. 하지만 둘은 아직도 같이 산다. 따로 살면 언니는 동생 걱정을, 동생은 언니 걱정을 하게 될까 봐!

새로운 이야기를 떠올리는 게 즐거운 이야기꾼

마법을 부리듯 재미있고 좋은 글을 쓰라며 친구가 지어주었다는 별명, Magic Finger(매직 핑거)처럼 이야기를 즐기는 이야기꾼 한정영, 그는 새로운 이야기를 떠올리는 것이 가장 즐겁다고 말한다. 최근에 그는 '솔로몬의 별(생각의질서 펴냄)'이라는 시리즈로 1권 '바빌론의 사라진 공중정원'과 2권 '거짓의 피라미드'를 펴냈다. 아직 두 책은 읽지 못했지만 '에듀테인먼트 스토리텔러'라고 자칭하듯이 이 책 역시 기대를 저버리지 않고 재미있으리라.

몇 해 전 한 일간지에 나는 한정영의 청소년소설 '빨간 목도리 3호(다른 펴냄)'를 소개한 적이 있다. '빨간 목도리 3호'는 기억의 문제를 다룬다. 좋지 않은 학창 시절의 기억 때문에 이제 막 마흔을 넘겼지만 자기 생을 망쳤다고 여기는 사내 'K'와 K의 과거 모습을 지금 보여주고 있는 '빨간 목도리 3호'. 그때 나는 과거의 기억은 현재를 옭매는 족쇄로 작용한다고 했다. 그 족쇄에서 벗어나는 가장 빠른 길은 가해자가 참회하며 개과천선하는 길인데, 그런 일은 일어나지 않는다. 되레 가해자는 자신의 기억을 왜곡에 가깝게 재구성하면서 파렴치하게 나온다. 이들이 나중에 어른이 된다. 지금 어른들의 행태를 보자. 특히 지탄의 대상이 되는 정치, 경제, 사회의 호가 난 모리배를 비롯한 어른들의 행태를 보자. 그들은 자신의 기억, 아니 삶 자체를 왜곡시키면서 계속 뻔뻔스런 언행을 아무렇지도 않게 한다. 아마도, 어쩌면 틀림없이 그들은 학창 시절에도 '가해자'였으리라!

어떤 공모 심사에서 '오드아이 프라이데이(사계절 펴냄)'를 읽었다. 나중에 한정영의 작품으로 밝혀졌다. 이 책에서도 그는 이야기꾼의 기질을 유감없이 발휘하여 술술 잘 읽히게 하여 심사위원들의 찬사를 들었다. 큰 주제는 '프리러너와 고양이 소녀를 구출하라'는 것이었다. 이 소설에서 나는 '프리러닝'이라는 걸 처음 알았다. 한정영은 말한다. 작가의 소설 한 편이 쉽게 세상을 바꾸지는 않겠지만 한 편의 소설이 한 사람의 생각이나 한 사람의 마음은 바꾸리라고.

이번에 펴낸 '솔로몬의 별' 시리즈는 모험기인 것 같다. 인류 문명의 한 시작 축인 메소포타미아의 사라진 유적을 찾아 떠나기도 하고, 이집트 고대문명이 살아 있는 증거를 찾는 모험을 하기도 하는 걸 보면. 작가의 상상력이 어디로 튀었는지 궁금해서라도 읽어야겠다.

노인들이 저 모양?
당신의 매력 중 하나가 나이예요!

'노인들이 저 모양이라는 걸 잘 봐 두어야 한다'. 이른바 '건달 할배'로 불리는 효암학원 이사장 채현국 선생이 몇 년 전 촛불집회 무렵에 하신 말씀이다. 1935년생이니 그 스스로도 노인이다. 하지만 그는 노인은 많지만, 꼰대가 아닌 참 어른의 모습이 어떠해야 하는지를 늘 보여주신다.

'어른답게 삽시다(이시형 지음/특별한서재 펴냄)'는 여든다섯인 저자가 참 어른으로 익어가는 게 어떤 모습인지를 보여준다. 그의 이름이 내 뇌리에 처음으로 새겨진 것은 그가 젊었을 때 쓴 '배짱으로 삽시다'이었다. 하지만 그의 이름이 뚜렷이 내 머리에 들어앉은 것은 그가 번역한 '죽음의 수용소에서(빅터 프랭클)'이다.

'죽음의 수용소에서'는 오스트리아 출신 정신의학자 빅터 프랭클이 2차 대전 당시 나치 수용소에서 겪은 일을 적은 책. 빅터 프랭클은 수용소에서 아버지를 비롯 아내와 아이들까지 모두 잃고 혼자 남았지만, 삶의 끈을 놓지 않고 살아남기 위해 애를 썼다. 절망적인 수용소에서 그가 어떻게 살아남았을까? 체력이 강하거나 나이가 젊은 사람이 아니라 삶의 의미를 계속 물으며 찾은 이들이 살아남았다고 한다. 이시형 선생은 삶의 모든 것이 폐허가 되었던 한국전쟁 때 이 책을 읽고 나중에 직접 번역까지 했단다. 자신의 상황이 그래도 나치 수용소보다는 낫다고 위안하면서.

그는 인생은 지금부터라며 어른답게 제대로 살자고 한다. 이 책을 읽으면서 그에 대한 생각이 많이 바뀌었다. 그간 정신과 의사들이 쓴 글이 너무 뻔한 걸 많이 보아서…. 그는 젊은 시절을 생각하면 화가 난다고 한다. 남들이 '무슨 일이 있었길래?' 하고 물으면 그는 '아무 일도 없었어. 나는 그게 너무 화가 나.'라고 대답한다. 한창 젊은 시절에 아무 일도 없어서 억울하단다. 젊은 사람들이여 아무 일 없이 살지 말라! 젊을 때 아무 일도 없으면 나중에 화가 나느니….

교사 출신 수필가 조헌의 '모든 벽은 문이다(북인 펴냄)'에서도 나이 들어가는 게 뭔지가 먼저 들어온다. 나도 이제 나이를 먹었는가 보다. 이런 글이 먼저 눈에 띈다. '어르신, 무너지다'에서는 독감 예방 주사 맞으러 보건소에 갔는데 같이 늙어가는⑦ 간호사가 자꾸 '어르신, 어르신' 하는 게 거슬렸던 이야기를 썼다. 주사를 맞고 중학교 운동장을 가로질러 오다가 운동장에서 놀던 중학생들의 축구공에 맞아 쓰러지기까지 한다. 아이들은 저자에게 '할아버지'라 하면서 죄송해한다. 집에 와서 누웠다가 일어나자 아내는 장난스레 '영감님!'이라 한다. 그날 '어르신부터 할아버지, 영감님'까지 들었다. 저자는 볼멘소리를 한다. 사람은 늙어가는 게 아니라 익어가는 거라는데 왜 자꾸 낡아 가는지 도무지 모를 일이라고.

조헌은 60대는 지금 막 여름을 보내고 초가을로 접어든 나이라고 본다. 그래서 모양새는 얼추 익어 보여도 풍미가 덜 스민 과일과 같고, 색깔은 붉어졌어도 윤기는 그대로 남은 단풍잎 같은 나이라고 한다. 젊다고 우길 나이는 아니지만 늙었다고 맥 놓을 나이 또한 아니라는 게 지은이의 생각이다. 그래서 영화 '사랑은 너무 복잡해'의 한 대사를 인용한다. '당신의 매력 중 하나가 나이예요!'

애써, 늘, 저절로 유쾌하게 사는 사람!

작가 고정욱은 내가 아는 사람 가운데 가장 유쾌하게 사는 사람이다. 술을 마시지 않을 때에도 곁에 있는 사람까지 유쾌하게 만드는 재주가 있다. 그는 모든 게 흡족해서 유쾌하게 살까? 항상 즐거워서 유쾌하게 살까? 그렇지만도 않을 것이다.

그는 지체 장애인이다. 그러나 초중고 모두 비장애인과 함께 어울려 일반 학교를 다닐 정도로 장애인과 비장애인의 문제를 어떻게 풀어야 하는지를 일찌감치 몸소 보여주었다.

그를 만나기 전에 그의 이름을 먼저 알았다. 1990년대 초 '살려 쓸 우리 말 4500(보성사 펴냄)'이라는 책을 구입했는데 그 책을 엮은이가 고정욱이었고, 책 앞날개의 사진 속 그의 머리 재고량도 지금과 달리 넉넉했다.

　그의 참모습⑦을 가까이 본 것은 십몇 년 전 독일 프랑크푸르트에서였다. 그 도시에서 도서전이 열렸는데 같은 일행이었다. 그때 그가 술을 잘 마신다는 것, 그의 몸무게가 상당히 나가 버스에 타고 내릴 때 나는 업을 엄두를 내지 못했다는 것, 그의 팔뚝이 내 허벅지보다 두꺼워 보인다는 것을 알았다. 그때 그이 덕분에 많이 웃었다. 지금도 그때를 생각하면 공식적인 일정은 잘 떠오르지 않는데 많이 웃었다는 것은 뚜렷이 떠오른다.

　그는 자타가 공인할 정도로 강연을 많이 한다. 그가 다녀간 학교를 내가 가기도 하고, 내가 다녀온 학교를 그가 가기도 한다. 나는 강연 끝나면 슬며시 차를 몰고 학교를 빠져나오는데 그는 강연을 들은 학생들을 자기 차 옆에 도열시킨다. 마치 조폭들이 '형님 잘 가십시오!' 라고 인사하는 것처럼…. 짧은 시간에 아이들을 어떻게 했길래 차 주변에 나란히 서서 운전석의 그를 향해 허리가 꺾이게 인사를 하는지, 그 비결이 궁금하다.

　오늘 저녁에 해치워야 할 글이 많았는데 하나도 쓰지 못했다. 저녁에 그의 신간 '열정을 만나는 시간(특별한서재 펴냄)'이라는 수필집을 손에 쥔 게 잘못이다. 처음엔 머리말과 차례 정도만 읽고 나중에 차분히 읽으려 했는데, 그만 다 읽고 말아서 저녁에 하려 던 일을 못 하고 말았다.

글마다 애써 유쾌하게 살려고 노력하는 그를 보았다. 심지어 는 뇌를 속여가면서도 유쾌하려고 하는 그. 대부분의 글에서 조 용필의 어떤 노래 가사처럼 '웃고 있어도 눈물이 난다'가 떠오르 게 하는 그.

비행기가 바로 뜨지 않고 오랫동안 지체해서 오줌보가 터질 것 같은 상황이 되었는데도 비장애인처럼 쉽게 화장실을 못 가 서 일어난 일 때문에 일어난 일을 읽을 땐 웃으면서도 슬펐다!

언니, 나 시집 보내려우?

치매에 걸리자 며느리를 보고 언니라고 부르는 시어머니. 며느리는 시어머니를 못 잊는다. 시어머니의 온 생애가 이야기 그 자체였다면서. 친정엄마와 딸도 이런 관계를 유지하기가 어렵다. 그러나 이 책을 쓴 저자와 이 책의 주인공인 시어머니는 며느리와 시어머니 그 이상의 삶을 살았다. '그분이라면 생각해볼게요(유병숙 지음/특별한서재 펴냄)'라는 수필집은 90년 넘게 '아름다운' 삶을 살고 가신 지은이의 시어머니 이야기이다.

아침에 목욕을 시켜드리고 어머니의 얼굴에 로션을 발라 드렸더니 싱긋 웃으며 "어휴, 좋은 냄새! 언니, 나 시집 보내려우?" 하며 한껏 달뜨신다.

"멋진 할아버지 구해 드려요?"

짓궂은 내 말에

"싫어. 혹시 내 신랑이라면 모를까."

"신랑이 누구예요?"

어머니는 얼른 아버님 함자를 대며 "그분이라면 생각해볼게요!"

하신다. 귀여우신 우리 어머니! 수줍은 구십 노파의 눈동자에 생전의 아버님이 한가득 고여 있었다.

가끔 보도되는 것을 보면 사람들은 대부분 다시 태어난다면 지금의 배우자랑 살지 않겠다고 한다. 금실 좋은 일부 사람들만 다시 태어나면 지금의 배우자랑 다시 또 결혼할 거라고 한다. 그렇다면 지은이의 시어머니는 시아버지와 금실이 좋았다는 얘기이다.

시아버지도 좋은 분이었지만, 그보다는 시어머니가 더 좋은 분이었다는 인상을 받았다. 지은이가 시집온 첫날 시어머니는 '유병숙 씨' 하며 며느리의 이름을 부르셨다. 아직 '며늘아기'라는 호칭이 입에 붙지 않아 그런가 하고 의아했지만, 시누이, 사위, 동서 할 것 없이 모두를 이름으로 부르신다는 것을 알았다. 어찌 보면 파격이라, 다들 그러지 마시라고 했지만, 시어머니는

'이름 아껐다 뭐하게?'라고 하시며 계속 자기 방식대로 하셨다. 그래서 지은이도 자기 이름을 더 사랑하게 되었다고 한다.

치매는 예쁜 치매와 미운 치매가 있다고 한다. 지은이의 시어머니는 예쁜 치매에 걸리셨다. 아무리 예쁜 치매에 걸리셨다 해도 치매 환자는 식구들의 삶을 파괴 한다. 하지만 이 책은 '눈을 감고 꾸는 것이 꿈이라면, 눈을 뜨고 꾸는 꿈은 치매'라 하면서 치매조차도 긍정적으로 본다.

흔히 건망증은 주위 사람은 괜찮지만, 본인은 괴로운 것이고, 치매는 본인은 괜찮지만, 주위 사람은 괴로운 것이라고 한다. 그런데 지은이의 시어머니 같은 치매는 본인이나 가족 모두에게 그다지 나쁘지는 않을 듯···. 치매에 걸리셨지만 정신 좋을 때의 본성이 그대로 다 나타났기에!

한강의 『채식주의자』 맨부커상 수상

2016년 5월 소설가 한강의 소설집 '채식주의자(창비 펴냄)'가 맨부커상을 받았다고 모든 신문과 방송, 인터넷이 흥분했다. 그 무렵에 탄 고속열차 '텔레비전'에선 한강의 맨부커상 수상을 보도하면서 '신'한류라고까지 했다. 대중문화가 주를 이루었던 한류에 비해 '신'한류는 대중문화뿐만 아니라 순수문화 영역에서도 이루어지고 있다면서. 무용, 피아노, 발레 등 다른 장르도 해외에서 '잘 나가고 있다'라고 예를 들어가며 보도했다.

한강의 맨부커상 수상은 기쁜 일이긴 하지만, 문학이 올림픽이나 국제 스포츠 대회에서 금메달이라도 딴 것처럼 보도하는 행태는 몹시 못마땅하다. 운동도 메달 색깔로 보도하면 안 된다. 은메달 따고도 금메달 못 땄다고 시상대에서 눈물 짜는 대한민국 선수들을 보자. 다른 나라 선수들은 동메달을 목에 걸고도 즐거워하며 웃는데….

맨부커상은 한국문학이 두터워졌기에 받았다고 생각한다. 한국문학을 두텁게 하기 위해 많은 작가들이 오늘도 골방에서 쓰고 있다. 한강은 그런 작가의 한 사람으로 받은 것이다. 그런데 그런 건 아무도 헤아리지 않고 한강의 소설 '채식주의자'가 얼마나 팔리느냐에 관심이 쏠린다.

사실 문학에 등수를 매길 수 있는 건 아니다. 그러기에 '한국문학의 쾌거나 승리'는 더더욱 아니다. 그리고 외국에서 상을 타야 인정을 받는 게 문학 행위인 것도 아니다. 한강의 맨부커상 수상은 작년에 신경숙의 표절 사태로 곤두박질친 한국문학이 전부가 아니라는 것을 외국에 보여주었다는 데에 의미가 더 크다고 생각한다.

소설 '채식주의자'는 인간의 내면에 있는 폭력성(식물성, 죽음, 욕망 등의 다른 이름인)의 실체를 들여다보고자 하는, 작가의 집요한 글쓰기의 결과물이다. 그러나 독자들은 이런 작가의 의도보다는 책이 얼마만큼 팔리는가에 관심을 더 보였다(해외의 유명 문학상을 받았으니 팔리는 것은 당연한 것 아닌가 하면서!).

출판사들 역시 한강의 맨부커상 수상이 침체된 한국문학의 소생을 알리는 계기가 되기를 바랐다. 노벨상, 공쿠르상, 맨부커상이 세계 3대 문학상인데 그 가운데 하나인 맨부커상을 한강이

탔다며 좋아했다. 문학상의 의미 같은 건 뒷전이고 오로지 문학 출판 시장이 살아나기를 바랐다.

맨부커상은 영어를 쓰는 영연방국가에서 영어로 쓴 소설을 선정하여 맨부커상을 주고, 비연연방 국가의 작가에게는 영어로 옮긴 번역자와 함께 상을 주는 맨부커 인터내셔널 부문이 있다. 한강이 받은 상은 당연히 비영연방 작가에게 주는, 즉 영어로 번역된 소설에 주는 인터내셔널 상이다.

한강이 맨부커상을 수상함으로써 잠깐 동안 출판시장에 문학 독자가 다시 몰려오는 듯했다. 그러나 이내 곧 다시 가라앉았다. 한강의 작품만 팔리고 다른 작가들의 작품은 여전히 뒷전으로 밀리고 말았다. '문학상'이 상품의 하나가 되어 있는 듯해 씁쓸하다. 그렇다면 문학상 수상이라는 '허상'을 쫓는 일이야말로 문학 독자들에게는 '헛되고 헛된 일'이리라.

개가 짖는다고 따라 짖으랴

해방 후 친일 청산을 제대로 하지 않은 탓에 일본국이 경제를 지렛대 삼아 또 도발을 했다. 개인적으론, 인간적으론 좋은 일본인을 많이 보고 많이 만난 터이지만 이럴 때면 그런 일상을 누리는 것도 조심스러울 수밖에. 우리 속담에 '때리는 시어머니보다 말리는 시누이가 더 밉다'라는 말이 있다. 근데 이 땅의 자발적인 친일파들(요즘 잘 쓰는 말로 '토착 왜구')은 일본국의 생떼를 말리는 게 아니라 횡포를 더 부리라고 부추기는 꼴이라서 쓴웃음이 난다.

일본 제품 불매 운동이 감정적이라느니 근시안적이라느니 하며 한 수 가르치려는 식자층도 있고, 신 물산장려운동이나 의병 운동을 들먹이며 비분강개하는 이들도 많다. 어쨌든 일본국 총리 아베는 경제를 '전쟁'으로 여긴 듯…. 근데 어떤 전쟁도 좋은 전쟁은 없다. 그래서 전쟁의 반대말은 평화가 아니다. 일상이다. 전쟁은 일상을 못 누리게 한다. 이번에 일본국이 선포한 경제 전쟁도 마찬가지!

두루 알다시피, 나치가 득세했던 프랑스에선 1944년 파리 해방부터 다음 해 5월 나치 독일이 공식 항복할 때까지 레지스탕스가 즉석 재판을 통해 1만 명 정도를 처형했다. 과도하다는 비판도 있었지만 대부분 고개를 끄덕였다.

보수 정권인 드골 정부가 들어선 뒤엔 6,000명 가까이 사형을 선고하여 700명 이상을 집행했단다. 이때 특이한 점은 나치에 협력한 문인들은 작품 발표도 금지했고, 친 나치 언론인들이 설친 신문은 폐간하기도 했다. 그런데 우리는 친일 문인들을 작품이 좋다나 어떻다나 하는 궤변으로 옹호하는 자들이 지금도 득세하고 있으니, 오호통재라! 프랑스에선 글의 영향력을 인정하여 글쟁이들을 더 엄히 다스렸는데, 대한민국에선 해방 이후 친일파 작품을 교과서에서도 배우고 익혔으니….

대한민국에선 친일 세력을 기반으로 집권한 이승만 무리가 반민특위(반민족행위특별조사위원회)에 의해 친일 경찰 간부들이 구속

되자 경찰은 반민특위를 공격해 6개월 만에 와해시켜 버렸다. 반민특위가 친일 경찰 13명(?)에게 사형/무기징역을 선고했으나 그나마 법 폐지로 판결이 무효 되고 모두 복권되었다. 프랑스는 나치 지배 기간이 3년이었지만 나치 부역자들을 청산하여 나라의 정기를 세웠고, 대한민국은 프랑스보다 열 곱절이나 더 일본국의 지배를 받았으면서도 친일 청산을 하지 않아 지금까지 수구 세력이 창궐하고, 얼마 전엔 나씨 성을 가진 國害議員이 반민특위가 국민을 분열시켰다는 궤변 내지는 망언도 서슴지 않았다. 그런 이들을 등에 업고 아예 일본국 자리에서 국익을 논하는 신문까지 등장했으니, 슬프고 슬픈지고!

나라 안팎은 어수선하지만 밀린 시집을 읽으며 애써 평상심을 유지해야 하는 일요일….

먼저 동갑내기 시인인 최성수 시인의 '물골, 그 집(도서출판b 펴냄)'을 읽었다. 동갑내기 시인의 시집에 역시 동갑내기인 신현수 시인이 발문을 썼다. 최성수 시인은 학교 현장에서 치열하게 산 뒤 물러난 뒤엔 고향인 안흥에 둥지를 틀었다. 작년에 안흥중과 안흥고에 번갈아 강연 갔을 때 근처 '보리소골'의 그를 떠올리면서도 뒷날 일정 때문에 연락하지 못했다. 학교 근처의 '안흥 빵집'에서 점심으로 안흥 찐빵만 입에 욱여넣었던 기억.

나이 든다는 것은/제 빛깔을 하나하나 지워가는 일//(…)//제빛을 다 지우고 서야/비로소 완성되는/낙엽송//생은 저렇게 결국/무채색으로 남은 풍경 같은 것//(…)

– '낙엽송' 부분

우리 모두 환갑이 지난 나이라 가장 공감이 가는 시이다. 발문을 쓴 신현수 시인과도 인연이 깊다. 발문을 보니 그도 최 시인의 집엔 한 번밖에 못 간 듯. 보령의 대천고에 지난주에 강연 다녀왔다. 신현수 시인이 전교조 활동으로 해직된 학교다. 세월이 '겁나게' 흘러 지금은 신 시인과 가까이 지내던 교사가 교장으로 있더라! 그는 동시를 쓰는 보령의 안학수 작가를 통해 이런저런 소식을 듣는 듯..

이어 지리산 사람 이원규 시인의 '달빛을 깨물다(천년의시작 펴냄)'를 읽었다. 얼핏 들어 알지만, 시인의 육성으로 가계사를 적어놓은 시를 읽다 울컥!

구레나룻 아저씨를 처음 보았다/구랑리역 솔숲의 청설모는 알아도 다섯 살의/나는 아버지가 아버지인 줄 몰랐다//해 질 무렵 비칠비칠 산 그림자로 내려와/네 어무이 어데 갔노? 자, 장에 갔는데요/엉거주춤 털보 아저씨가 나를 껴안았다/진갈색 장난감 말 한 마리 쥐어주고/구랑리역 캄캄한 솔숲으로 꼬리를 말아 넣었다//(…)

- '네 어무이, 어데 갔노?' 부분

그래서 그랬을까? 이원규 시인은 지금 오토바이를 타고 전국을 누빈다. 그의 말대로 '말을 타고 말을 찾아 헤매는 기마족이 되었다'

이원규 시인의 시 '적막'이 꼭 작금의 상황을 이르는 것 같다. '개가 짖는다고 따라 짖으랴'라고 한.

다음으론 페이스북에서 인연을 맺은 임백령 시인의 시집 '사상으로 피는 꽃 이념으로 크는 나무가 어디 있더냐(전북대학교출판문화원 펴냄)'를 읽었다. 그가 어떤 사람인지를 알려면 그의 글을 읽으면 된다. 시나 소설로 아무리 포장을 해도 글쓴이의 내면과 삶이 작품 속에 고스란히 스며있다. 임백령 시인의 시편이 다 그랬다. 그런 가운데 내 어렸을 때 느낀 바를 시로 담은 것이 있어 눈길이 갔다.

아버지 방 윗목 놓여 가난한 나라 어린아이 눈에 들던 것/미국이 원조한 밀가루 포대 자루에 그려진 두 손/굳은 악수가 이제는 매듭으로 떠오른다./결코 놓지 않고 잡아당겨 하나의 줄 되어버린 동맹//(…)

- '악수' 부분

대한민국이 대한민국이 된 사연이 구구절절 읽힌다.

내친김에 함순례 시인의 독특한 시집(사진과 곁들여진) '울컥(역락 펴냄)'을 보았다. 이런저런 자리에서 만날 때마다 푸근한 누이 같다는 생각을 하게 한 시인이다. 그의 시 '눈물'을 보면서 소설가 이문구 선생을 떠올렸다. 박용래 시인을 '눈물의 시인'이라고 하던.

> 형은 왜 자꾸 울어?//우는 게 뭐 어때서?//너무 많이 우니까 그러지…//세상이 이런데 울지 않고 배기나!
>   – '눈물–박용래와 김용재의 소담' 전부

세상이 이런데 울지 않고 배기나! 울 수밖에 없는 세상이라니….

오늘 마지막으로 읽은 시집은 처음부터 끝까지 고양이에 대해서만 쓴 시집. 김자흔 시인의 '피어라 모든 시냥(푸른사상 펴냄)'은 전부 고양이 이야기뿐이다(이런 시집은 처음 보았다!). 김자흔 시인은 나와 같은 연배이지만 만나기는 대학의 문예창작과에서 학생과 선생으로! 그가 고양이에 이렇듯 깊은 애정을 가지고 있는 줄은 '예전엔 미처 몰랐다.'

불손한 고양이 밥상 위에 앉아 있다/행주질을 해놓으면 먼저 알고 올라가 앉는다/"내려오지 않으면 너를 반찬으로 먹어버릴 테다"/아무리 으름장을 놔도 요지부동이다/부뚜막에 먼저 올라 앉은 옛 조상 고양이는 얌전하기라도 했지

— '불손의 힘' 전부

고양이를 좋아하는 사람도 가끔은 성가시기도 하겠지만 그런 고양이도 마침내는 죽는다. 목숨 가지고 태어난 유정들의 숙명! 고양이를 좋아하는 사람도 가끔은 성가시기도 하겠지만 그런 고양이도 마침내는 죽는다. 목숨 가지고 태어난 유정들의 숙명!

얼룩무늬 길고양이는 은고개 도로에 목숨을 바치고도 공손했다/성불사 오르는 길목을 향해 두 손발 가지런히 모아 합장하고 있었다/두 눈 감아 나도 고요히 합장 올렸다

— '공손한 죽음' 전부

나도 죽을 때 손을 모아 공손히 죽을 수 있을까?

남아 있는 생이 무겁다는 생각이 들었다

어제 아침 제주 가는 길. 어슴푸레한 서울 하늘도 어두웠지만 비는 내리지 않았는데 제주엔 비가 많이 내리는 모양이었다. 그래서 그랬는지 비행기 기장이 제주에 지금 비가 많이 내리고 있다는 방송도. 이어 기체가 바람에 많이 흔들려 뜨거운 차는 쏟아질지 몰라 제공하지 않는다는 승무원의 방송.

옆자리 젊은 남진과 겨집은 기체가 흔들릴 때마다 둘이 더 한 몸으로 밀착하였다. 기체가 흔들려 쏟아지면 넬 수 있는 뜨거운 차는 못 준다는 말도 아랑곳없이 본인들이 더 뜨거운 듯…, 그러느라 방송을 못 들었는지 기어코 뜨거운 커피를 요구해서 승무원이 종이컵에 커피를 갖다주었다.

문득 어린 시절 얘기가 떠올라 기억해두었다

제주 가는 비행기의 기장/"지금 제주에는 비가 많이 내리고 있습니다"//그 말 들으니 고향 진도에서 어릴 때/비 온다는 라디오 듣자고 하시던 노인들 말씀 떠오른다/오랫동안 가물면 비 온다는 방송 틀라고 하시던 촌로들/목포엔 비 예보가 없지만, 제주엔 비 예보/이건 나무가 움직이면 바람이 불어야 하는 것 과 같은 이치/비 온다는 방송이 있으면 비가 와야 한다!/여름 석 달 농사 지어 제주 삼 년 먹여 살린다는 말도 있었지/제주에선 논농사를 지을 수 없다는 그 말/제주 공항 자리, 아니 정뜨르 비행장에/사람이 많이 묻혔다는 사실 알기 전에 들었던 그 말

– 졸시 '제주 하늘에서' 전부

역시 제주에는 바람이 많구나, 하면서 제주 사람 이종형 시인 의 첫 시집 '꽃보다 먼저 다녀간 이름들(삶창 펴냄)'에 실려있는 '바 람의 집' 시 한 대목이 떠올랐다. 자연의 바람과 4·3 제주의 바 람이 교차하는.

(…) 밟고 선 땅 아래가 죽은 자의 무덤인 줄/봄맞이하러 온 당신은 몰랐으 나/돌담 아래/제 몸의 피 다 쏟은 채/모가지 뚝뚝 부러진/동백꽃 주검을 당신 은 보지 못했겠으나(…)

– 이종형 '바람의 집' 부분

이어 그의 어떤 시 첫 구절이 자꾸 입속에서 씹혔다. '남아 있는 생이 무겁다는 생각이 들었다'로 시작하는. 나의 생만이 아니라, 제주에서 만난 다문화 가정 아이들의 모습도 무겁고, 그들의 상황도 무겁고(…).

밥격

등단한 지 26년이 되어서야 첫 시집을 낸 시인. 이렇게 늦게(?) 첫 시집을 낸 시인으로는 서정춘 시인이 대표적이다. 서정춘 시인은 첫 시집 '죽편(동학사 펴냄)'을 등단 28년 만에 펴냈다. 서정춘 시인은 시집 내는 출판사에서 평생을 근무하다, 정년퇴직에 맞춰 시집을 냈다.

'여기서부터, - 멀다/칸 칸마다 밤이 깊은/푸른 기차를 타고/대꽃이 피는 마을까지/백 년이 걸린다 (죽편 1-여행)'고 노래한 그의 시집 '죽편'에 실려 있는 시. 죽편엔 겨우 34편이 실려 있다. 그는 늘 '설사하듯이 시를 쓰지 못한다'라고 말했다. 십수 년 전 서울 종로구 인사동 포장마차에서 그가 '부용산'을 비롯 여러 노래를 부를 때 김아무개 시인과 함께 모자를 들고 행인들에게서 노래값(?)을 받던 기억이 새롭다. 그의 노래 솜씨도 만만치 않았다.

윤중목 시인의 첫 시집 '밥격(천년의시작 펴냄)'. 나는 그의 시를 보자마자 서정춘 시인을 떠올렸다. 그간 윤중목 시인은 한국 IBM의 노조위원장으로, 또 독립영화 관련 글을 쓰며 보냈다. 그 세월 동안 그는 시를 쓰는 일보다 시로 살았다…. 누구보다 자본주의적인 삶에 맞춰 호의호식하며 살 수 있었음에도 되레 자본주의적인 삶에 저항하면서 시로 사는 동안 그는 '신불자'가 되고, '금초자' 즉 '금융초월자'가 되었다.

그래서 김용락 시인의 '시 같지 않은 시' 연작에 맞춰 쓴 그의 시 '시 같지 않은 시'가 가슴을 친다.

(…)
돈이 있어 두말없이 선뜻 꿔주는 친구;
– 너무 고맙다!

돈이 분명 있어도 둘러대며 안 꿔주는 친구;
– 진짜 얌체다!

돈이 없어 꿔주고 싶어도 못 꿔주는 친구;

– 걔도 안됐다!

돈이 없어도 어디서 구했는지 꿔주는 친구;

– 완전 돌았다!

– '시 같지 않은 시' 부분

그는 '시 같지 않은 시'라며 노래했지만 나는 이 시를 보는 순간 무릎을 '탁' 쳤다. 그간 살면서 시에 나오는 정황을 두루 경험해보았기에. 내 주제도 모르고 '완전 돌았다!'까지도!

단지 생물학적으로 나이가 더 많다고 나를 형으로 대접해주는 윤중목 시인. 게다가 나를 형으로 대접해주는 또 한 사람(이원규 시인)이 표사글을 썼기에 반가운 마음이 더하다.

자기 십자가를 지지 않으려는 이들에게 들려주는 목소리

김윤환은 목회와 시작을 같이 하는 성직자 시인이다. 그는 예나 제나 낮은 곳을 지향한다. 그의 시편들을 보면 예수는 가난한 사람을 선택했다는 걸 쉬이 느낄 수 있다. 그래서 그의 시집 '내가 누군가를 지우는 동안(모악 펴냄)'엔 불편하고 지우고 싶은 옛 기억들이 많다. 특히 예수적 삶을 살지 않고 그저 예수 팔이에 몰두하는 사람들은 더욱. 물론 그들은 이 시집을 읽지 않겠지만….

(……)/오늘도 왼쪽으로 돌아가면/삐걱 반지하의 문이 열리고/어둠은 여지없이 나를 감싸고/(……)/푸른곰팡이는 꽃이 되어/한 폭의 벽화로 남아 있고/햇살은 언제나 낯설다는 듯/그늘에만 꼭꼭 숨어 있다

– '벽화' 부분

지금은 지상에서 살지만, 반지하의 삶을 늘 반추하며 반지하의 풍경을 '벽화'로 그려낸다. 그러면서 현재성을 지니고 있는 고단한 삶을 성경 말씀이 아니라 시의 언어로 기록한다. 이런 차원에서 그의 시어는 성경 말씀의 무게를 지닌다고 할 수 있다. 어쩌면 성경 말씀을 넘어서는지도 모른다. '성경 대신 담배 한 대를 달라하는' 노인네의 처지를 이해하고, 종국엔 '구름과 담배 연기가 하나로 만나고 있는' 모습을 그려내고 있는 그의 언어. 성경만큼 거룩하다 할 만하다.

> 부인도 딸도 없는 노인/요양원 옥상에 앉아/저 아래 행인들을 내려다보네//
> (……)//노인은 좀 쉬고 싶다고/성경 대신/담배 한 대를 달라하네//종점에서
> 는/구름과 담배 연기가/하나로 만나고 있네
>
> – '여독' 부분

김윤환에게 시와 종교와 삶은 모두 하나로 꿰어진다. 그러하기에 그의 시 세계는 낮은 자들을 보듬는 예수적 삶의 실천이며, 성경에 그려져 있지 않은 오늘의 삶도 시를 통해 성경의 의도와 취지를 줄기차게 토로한다. 나아가 그러한 인식 때문에 그는 '생명과 문학'이라는 문예지를 창간하기도 했으리라. 대단한 경제력이 있는 것도 아니고 돈 많은 후원자가 있는 것도 아니다. 그의 가장 큰 뒷 배경은 하나님이란다. 그러기에 '내가 누군가를

지우는 동안/누군가는 나를 그리며 살았겠구나'라며 자신을 한
껏 낮추며 겸손하게 살려고 애를 쓰는 성싶다,

도둑괭이 앞발 권법

보령 사는 박경희 시인의 시집 '벚꽃 문신(실천문학사 펴냄)', 동시집 '도둑괭이 앞발 권법(실천문학사 펴냄)'을 읽는 새벽이다. 그의 첫 시집 '벚꽃 문신'을 읽었을 때 그가 언젠가는 동시를 쓰리라 생각했는데, 진짜로 동시를 쓰고 있을 줄이야! 그렇게 생각한 건 보령 사람들이 가지고 있는 어린애 같은 말랑말랑한 능청과 해학 때문에.

보령 사람으로 내 기억의 첫 자리를 차지한 분은 소설가 이문구 선생. 20대 시절, 상과대학에 적을 두고 있는 형편이었지만 '농촌 경제'의 실상은 학교에서보다 이문구 선생의 '우리 동네' 연작 등을 통해 더 실감 나게 익혔다. 그때 우리가 살던 농촌의 실상을 어찌 그리 소설에 잘 그려놓았던지.

그다음은 안학수 시인. 안학수 시인은 이문구 선생이 말년에 보령에 계실 때 문하를 드나들었던 무릎 제자이다. 그 인연으로 그의 어떤 작품에 해설을 쓰기도 했다. 이문구 선생의 말씀을 거역못하는 사람이라 이문구 선생이 당신이 강의하고 있는 학교에 출강했으면 해서 돌아가실 때까지 5년이나 시간 강의를 나가기도 했다.

안학수 시인은 애초에 동시를 썼다. 이문구 선생도 '개구쟁이 산복이(창비 펴냄)'라는 동시집을 냈다. 이문구 선생은 돌아가시기 전에, 동화도 쓰고 싶었는데 동화는 당신의 문장에 맞지 않아서 그만두고 동시만 썼다고 하셨다. 그러면서 나보고는 동화 문장에 맞으니까 다른 장르를 하더라도 동화는 계속 쓰라고 유언 같은 격려를 하셨다.

내가 아는 보령 사람으로 또 김종광 소설가와 김성동 소설가가 있다. 김종광 소설가의 문장도 능청이 열두 발이다. 물론 해학도 이야기마다 몇 바가지씩 담고 있다. 소설가 김성동 선생은 여러 모로 이문구 선생과 비슷한 점이 많다.

이문구, 안학수, 김종광, 김성동, 박경희 등 보령 사람들은 무엇보다도 '말랑말랑한 충청도의 힘'을 가지고 있다. 감추려 해도 주머니 속의 송곳처럼 삐쭉삐쭉 밖으로 나온다.

박경희 시인의 '벚꽃 문신'의 아버지는 목욕탕에 가지 않는다. 젊은 시절 경운기의 바퀴 자국이 등에 찍혀서. 그 시를 보면 자연히 손택수 시인의 '아버지의 등을 밀며'가 떠오른다. 손택수 시인의 아버지 등엔 지게 자국이 낙인처럼 박혀 자식을 데리고 목욕탕에 가지 않는다.

박경희 시인은 보령 장날 자매로 보이는 할머니 셋이 미꾸라지 통을 앞에 두고 졸고 있는 것을 보았다. 더불어 고양이가 그 미꾸라지를 슬쩍슬쩍 앞발로 건져 올리는 것도 보았다. 이것을 시로 형상화한 게 '도둑괭이 앞발 권법'이다. 미꾸라지를 건져내는 고양이의 앞발에서 심상치 않은 '권법'을 보았다. 그러든 말든 할머니들은 졸고 있고. 여기서 내 마음대로 '보령 장날'이라고 단정한 것은 이문구 선생 글에 보령(대천) 장이 곧잘 나와서이다.

폐허를 보다

　음력으로 섣달그믐. 다른 때 같으면 나도 귀향길에 올라 고향 진도를 가고 있거나 고향 집에서 이 시간을 보내고 있을 텐데 올해엔 고향에 가지 않고 서울에 머물고 있다. 며칠 전 시골 노모랑 통화했는데 하필 그날이 내가 세상에 온 날이어서 노모는 미역국 운운하셨다. 평소에 나는 내가 태어난 날을 의식하지 않고 살지만, 노모는 그렇지 않았다. 사실 생일이면 태어난 사람보다 어머니가 더 고생하셨기에 미역국도 어머니가 드셔야지 자식이 먹는다는 게 좀 이상했다. 이런 말 하면 누가 태어나게 해달라고 했느냐고 항변하는 이들도 있지만.

　노모는 감기 기침이 아직 내게서 떠나지 않고 있는 걸 알아차

리시고 이번 설에 극구 오지 말라고 하셨다. 돌아가신 아버지를 대신해서 동생들의 이런저런 이야기를 들어주기도 해야 해서 가려고 했는데, 설 지나고 고향 쪽에 강연이 있으면 그때 오라고 하신다. 다른 때 같았으면 내 뜻대로 귀향길에 올랐을 텐데, 이번엔 나도 자신이 좀 없었다. 노모 말씀대로 '니도 인자 나이가 있은께'인지…. 하여간 10시간 이상 차 안에서 지낼 자신이 없었다. 몇 년 전 설엔 16시간 동안 운전대를 잡은 적도 있었지만, 지금은 그럴 자신이 없어 노모 말씀대로 고향 가는 걸 포기했다. 노모는 '인자 몸 잠 아껴라.'하셨다.

　고향에 가는 대신 몸도 쉬고 이런저런 원고 정리를 하려고 했는데, 동갑내기 소설가 이인휘 형이 '폐허를 보다(실천문학사 펴냄)'라는 소설을 보내주어 그걸 집어 들었다가 다른 일을 못 하고 저녁내내 다 읽고 말았다. 특히 '시인, 강이산'이라는 중편은 노래 '솔아 솔아 푸르른 솔아'의 가사가 된 시를 쓴 글동무 박영근 시인에 관한 것이어서 먼저 읽었다. 소설집 뒤에 홍인기 소설가가 쓴 발문까지도 아름다운 소설 같아서 눈을 뗄 수가 없었다.

　박영근 시인, 지금은 고인이 되었지만 그를 생각하면 언제나 가슴이 아리다. 생전에 그는 가끔 전화를 걸어 '바쁜데 전화해서 미안하다'고 늘 울먹였다. 어느 날 서울 마포에서 만난 뒤 택시를 태워서 집에 보내며 술 먹지 말고 곧장 집에 가라고 했다. 그런데 택시 기사를 겁박해서 택시비를 돌려받아 그 돈으로 후배랑 신촌에서 술을 마신다며 자신이 어떻게 택시비를 돌려받았는지를 '무용담'처럼 자랑하던 동무였다. 소설은 90년대 이전 일이 많이 그려져 있어, 생전에 박영근이 들려주지 않던 '과거'를 짐작할 수 있게 하였다.

이인휘 소설가에 대한 기억은 90년대 말 진보 생활문예지 '삶이 보이는 창' 창간 무렵이 가장 앞자리에 있다. 소설가나 노동운동가보다 더 강력하게 내 뇌리에 박힌 건 그가 노동하는 사람들의 글을 담아내는 잡지가 필요하다고 역설하던 게 그만큼 강렬해서…. 수많은 잡지를 보아왔고 지금도 보고 있지만, 창간호부터 한 호도 정기구독을 빼먹지 않은 잡지는 '삶이 보이는 창'이다. 잡지에 실린 글 자체가 읽을 만하다. 단순히 일하는 사람들의 애환만을 적은 게 아니고 글 자체가 완성도와 진정성이 있기에.

무심히 세월이 흘러 지난 십여 년 동안 이인휘 형의 소식을 잘 몰랐다. 남한강 가에서 '닭님'들을 모시고 사는 시인 홍일선 선배에게서 가끔 이인휘 형에 대한 소식을 들은 게 고작이다. 아내가 아프고, 그쪽에서 공장일을 다시 한다는 소식. 작년에 잡지

'실천문학'에 소설(공장의 불빛)이 실려 있어서 근황을 어렴풋이 짐작. 오랜만에 낸 소설책이 다시 글쓰기 하는 계기가 되기를 빈다. 이인휘 형 소설을 읽으면서 글은 자기가 겪은 만큼, 쓸 수 있는 것만을 쓴다, 는 것을 확인했다.

손바닥에 거시기 털이 난 사람 이야기

임성용 시인의 산문집 '뜨거운 휴식(푸른사상 펴냄)'을 읽었다. 재촉받는 원고가 많아 글을 쓰는 틈틈이 읽을 생각이었는데 어느새 마지막 쪽을 넘기고 말았다. 글의 흡인력이 그만큼 좋다는 얘기이다.

임성용 시인과는 개인적인 친교를 일부러 맺기보다는 길거리에서, 광장에서 자주 부딪쳐서 자연스레 알게 된 사이이다.

페이스북 글에서 그의 입담이 어느 정도인지 이미 알고 있었지만, 이번 산문집을 읽으면서 새삼 또 확인!

새끼손가락 하나 잘리고 약지 한 매듭이 잘려 병원 치료를 하는 글쓴이를 병원에서 만난 '안 씨'는 '그 정도 가지고 뭘' 한다. 안 씨는 피혁공장에서 산재를 당해 손바닥에 사타구니 살을 이식해 손바닥에 '거시기'한 털이 나 물리치료사는 물론 곁사람들 모두를 경악하게 한다. 넉살 좋은 안 씨도 술에 취하자 자신의 꼬라지가 서글퍼 흐느낀다. 이 대목에선 우습고, 슬프다. 요즘 말로 '웃픈' 상황. 그러나 이내 곧 화가 난다. 열악한 작업환경. 모두들 들먹이지만, 아직도 요원한 복지 상황.

이런 류의 산문집은 자칫 넋두리로 흘러 일정한 '패턴'을 반복하며 그렇고 그런, 뻔한 이야기 내지는 '기사' 같은 글이 될 소지가 있다. 그런데 글쓴이는 자기 자신의 이야기는 물론 남의 삶도 자신만의 독특한 문장에 실었다. 하지만 그의 독특한 이야기 방식보다 먼저 삶을 대하는 그의 '진정성'이 있어 좋은 글이 탄생했으리. 고발문이나 보고문, 넋두리나 한탄으로 끝나지 않게 한 것은 어떤 삶이든 그를 만나면 그만의 이야기로 다시 탄생시키는 글쓴이의 입담에 진정성이 얹어져 가능했을 터이다.

그의 '진정성'은 운전을 하고 가다 길에서 만난 주검들을 대하는 태도를 보아도 알 수 있다. 그는 짐차 운전을 한다. 그러다 보니 야간에 길에서 자신이 치거나 앞 차가 친 고라니, 너구리 등의 죽음을 자주 겪는다. 이 대목에서 사람 위주로 살고 있는 현대 사회를 돌아보게 된다. 그는 차창에 와 부딪쳐죽는 날벌레의 죽음도 안타깝다. 차의 전조등 불빛을 보고 날아들다 최후를 맞는 존재들. 현대인들도 딱 그짝 아닐까? 화려하고 밝은 것을 쫓다 최후를 맞는 존재들.

그의 '뜨거운 휴식'은 어쩌면 잠을 편히, 원 없이 자는 것인지도 모른다. 그래서 '변태의 잠'도 썼다. 나도 '뜨거운 휴식'을 갖고 싶다….

말끝에 심장이 매달려, 벽에 붙어 자고, 꽃마차는 울며 간다

📖

　심포지엄 사회, 벗의 죽음, 강의, 강연, 회의, 조카딸 결혼 등한 주 내내 정신없이 지내다가 오늘에야 겨우 정신을 차려 두 시인의 첫 시집을 읽는 '호사'를 누렸다. 첫 시집을 읽는 걸 호사라고까지 한 건 대개 첫 시집에 그 시인의 앞으로의 시작 방향이 내비치는 경우가 많기 때문이다. 첫 시집을 읽는다는 건 어쩌면 시인의 내밀한 속살을 더듬어보는 일인지도 모른다.

　먼저 이지호 시인의 '말끝에 매달린 심장(문학수첩 펴냄)'. 기본적으로 서정시는 시인의 내면(자의식, 무의식 모두!)을 언어표현을 통해 드러내는 것이리라. 시인의 내면이 다른 사람 내지는 사회의 모습, 자연 현상과 결합하는 경우에도 시인의 내면을 들여다보는 게 어렵지 않다.

(…) 그릇이 깨지는 것은 그릇이 지쳤기 때문이고/비는 구름이 지쳐서 내리는 것이라는데/불안한 균열의 지친 생은/어느 곳으로 돌아가고 싶은 것일까? (…)

— '몸에서 지친 것은 어디에서 흔들리고 있을까' 부분

마음과 몸이 지친 속내를 이렇게도 드러낼 수 있다니, 요즘 유행하는 말로 '심쿵'이다 적어도 나는.

다음으로 최지인 시인의 '나는 벽에 붙어 잤다(민음사 펴냄)'를 읽었다. 두어 해 전 내 시집을 편집한 시인이라 시집을 받자마자 친근감이 더 갔지만 바로 읽지 못하고 차일피일해야 했다. 내 시 속에 있는 나와 아들 간의 행태를 보고 자신의 아버지 얘기를 들려주었다. 아버지와 지낸 얘기를 미리 들어서 그런지 이번 시집을 볼 때 아버지 얘기가 있는 곳에 먼저 눈길이 갔다.

아버지와 둘이 살았다/잠잘 때 조금만 움직이면/아버지 살이 닿았다/나는 벽에 붙어 잤다//아버지가 출근하니 물으시면/늘 오늘도 늦을 거라고 말했다 나는/골목을 쏘다니는 내내/뒤를 돌아보았다//(…)//배를 곯다 집에 들어가면/현관문을 보며 밥을 먹었다/어쩐 일이니, 라고 물으시면/뭐라고 대답해야 할까/외근이라고 말씀드리면 믿으실까/거짓말은 아니니까 나는 체하지 않도록/누런 밥알을 오래 씹었다.

— '비정규' 부분

글로는 그리 어렵지 않게 표현했지만 삶은 몹시 어려웠다!

첫 시집은 아니지만, 권선희 시인의 두 번째 시집 '꽃마차는 울며 간다(애지 펴냄)'를 내처 읽었다. '~간다'라는 말을 좋아하는 모양이군, 이라고 혼자 중얼거렸다. 첫 시집 '구룡포로 간다(애지 펴냄)' 이후 내용뿐만 아니라 제목도 첫 시집의 기조를 유지하고 있다.

> 산전수전 다 지나온 말 한 마리/산전수전 다 지나온 노부부 싣고/하필이면 해맞이공원에서 꽃무덤 끈다//(…)/채찍이 긋는 이 오후는/이승인가, 저승인가
>
> – '꽃마차는 울며 간다' 부분

권선희 시인이 첫 시집 '구룡포로 간다(애지 펴냄)'를 펴낸 얼마 뒤, 포항에 강연이 있어 갔다가 몇 사람이 같이 어울려 구룡포의 응암산을 찾았다. 응암산 정상이 박을 엎어놓은 형상을 하고 있어 '일명 박 바위'라 불렀다는데 'ㄹ'을 떼어내 인근이 고향인 '이명박 바위'로 했다가 종내는 '이명'을 산 아래로 누군가가 내던져 다시 '박 바위'로 만든 일을 들려주어 박장대소했던 기억이 난다. 포항 출신이 아니지만, 포항을 굳건히 지키며 '씩씩하게' 살고 있는 권선희 시인. 다음 시집을 또 기다린다.

방귀가 잦으면 똥을 싼다고?

📖

우리 속담에 '호미로 막을 것 가래로도 못 막는다'는 말이 있
다. 또, '방귀가 잦으면 똥을 싼다'는 말도 있다. 이번 포항 지역
의 지진을 보면서 든 생각. 자칫 인근의 원전 발전소에 사고가
나면 어쩔텐가, 하는 걱정. 원전 사고를 미리 경고하는 것 같아
불안불안하다.

서울 지역에서도 지진을 느꼈다고 하는데 나는 낮 동안 지진
이 난 줄 모르고 그날 저녁 어느 통신사 기자의 문자를 보고야
알았다. 낮 동안 그 기자는 몇 번 전화하다가 문자를 남겼다. 강
의하는 동안엔 전화기를 꺼놓는 터라 연락이 잘되지 않는다. 그
기자의 용건인즉슨 내일이 수능 날인데, 수능 끝난 수험생들이

읽으면 좋을 책 몇 권을 분야별로 추천 이유와 내 개인 약력과 함께 그 뒷날 아침 10시까지 보내주면 좋겠다는 것.

그 문자가 부담되어 초저녁부터(9시 이전에 나는 잠자리에 든다.) 자다가 10시쯤 일어나 일을 처리하려고 전화기를 켰더니, 그 기자가 다시 보낸 문자가 있다. 포항지역 지진으로 수능이 연기되었으므로 주말까지만 보내주면 된다는! 그래서 지진이 난 줄 알았다

수능 연기한 것을 두고도 뒷말이 무성하다. 수능을 연기하지 않고 강행했으면 또 강행했다고 트집을 잡았겠지.

포항을 떠올리니 쥐로 불리는 이씨 성 가진 사람 하나만 빼고 몇 사람이 눈앞에 지나간다. 이종암 시인 부부와 권선희 시인, 그리고 정원도 시인. 포항에 사는 사촌 동생 부부까지. 또 1년에 한두 차례 강연을 갔기에 내 강연을 들은 청중들과 담당자들도.

엊그제 목포의 한 대학에 강연가면서 정원도 시인의 시집 '마부(실천문학사 펴냄)'를 기차에서 읽었다. 정원도 시인은 지금이야 서울에 살지만, 포항에서 젊은 날의 잔뼈가 굵어진 사람. 그래서 작품 활동도 '포항 문학'을 중심으로 많이 했다.

포항행 열차는/쉬엄쉬엄 무엇을 실어 나르자는 것이었는지/치적 대는 여름비를 맞으며/열차를 기다려/작은 이불 보따리 하나로 덥석올랐다. (…)

– '포항행 완행열차' 부분

대구에서 태어나 성장했으면서도 학교를 졸업하자마자 포항으로 공장 생활을 하러 떠나는 어린 정원도의 모습이 그려진다. 그는 작은 이불 보따리 하나 들고 열차를 탔다. 나는 곧잘 검은 가방 하나와 불알 두 쪽만 달고 서울에 왔다고 말한다. 우리 또래는 그렇게 고향을 떠나야 했다.

그때 아버지의 말은/누구보다 우리 집 형편을 잘 알아서/과로에 몸살 난 몸으로도 억척으로 일했다//(…)//새벽녘 별빛과/말의 눈매와 아버지의 눈시울은/서글서글하니 한 식구처럼 닮아서/아버지 재촉하던 말발굽 자국이/화인처럼 날아와 박혔다//아버지 몸살이라도 날라 치거나/엄살이라도 앓아누우면/어머니 대리 마부가 되어 새벽 마차를 몰았다

– '아버지의 말(馬)' 부분

그땐 그랬다. 말이든 소든 그를 부리는 사람과 똑같이 열심히 일했다. 되레 사람이 먼저 아프는 경우가 많았다. 그러면 어머니가 대신 말을 몰았다 하니. 이 시집은 아버지에 대한 '사부곡'이자 말에 대한 '思馬曲'이다. 아니, 시인 자신의 어린 시절 '성장

담'이다.

그나저나 포항 지진이 예사롭지 않다. 제발 '소 잃고 외양간 고치는 일'이 없어야 할 텐데…. 지진이 잦은 것이 똑 '똥을 싸려고 방귀를 뀌는 것 같아' 불안하다. 그쪽의 많은 원전에 사고라도 나면 어찌해야 하는지.

몇 년 전 포항의 이종암 시인 부인이 재직하던 학교에서 나를 불러 이 시인이 경주까지 나를 마중 나오고, 강연 끝난 뒤엔 그 부부와 함께 '물회'를 처음으로 먹었던 기억. 그때 고속열차를 타고 간 나를 경주까지 마중 나온 이종암 시인의 안부는 곧잘 경주 인근의 원전과 지진과 같이 떠올랐는데 이제는 포항이 직격탄을 맞았으니.

자연은 인(仁)하지 않다

노자의 도덕경 첫 구절 道可道非常道를 공자나 붓다까지 끌어들여 여러 가지로 해석할 수 있듯이, 도덕경의 천지불인(天地不仁)도 여러 가지로 해석할 수 있다. 근데 부산의 교사 조향미 시인의 신작 시집 '봄꿈(산지니 펴냄)'을 보면서는 일반적인 해석 '자연은 어질지 않다'는 말을 자연스레 떠올렸다.

넘치도록 그득한 물/이 거대한 물결 앞에서/반짝이는 어느 물방울에 대한/서러운 기억인지/오지 않을 꿈인지//바다 앞에서 눈물 쏟는 자여/바닷물에 눈물 줄기 보태는가/소리 내어 통곡하는 소리에 울음소리 더하는가(…)

　　　　　　　　　　　　　　　　　　　　－ '바다 앞에서' 부분

이 시는 바다를 볼 때 누구나 느끼는 일반적인 감흥을 적은

'서정시로' 보면 그만이다. 근데 나는 이 시에서 '세월호 수장 사건'을 떠올렸다. 더불어 '자연은 인하지 않다'는 도덕경의 한 구절이 떠올랐다.

바다의 거대한 물결, 차츰 그 물결 속에 잠겨 죽어간 아이들, 그리고 바다 앞에서 눈물 쏟는 가족들, 친구들, 일반인들... 세월호 수장 사건이 일어나자 한국작가회의에서 마련한 기자 간담회 자리에서 학생들의 수학여행지가 제주여서 제주 출신 소설가 현기영 선생이 이런 취지의 말씀을 하셨다. '우리처럼 나이 든 사람이 죽은 게 아니라, 젊은 아이들이 죽어서 더 안타깝다. 그들은 온통 가능성이었는데……' 그렇다 젊은 학생들은 온통 가능성이었다. 그러나 바다는 무심히 그들의 가능성을 막아버렸다.

조향미 시인은 휴대전화의 무제한 요금제에서도 시를 건졌다.

(…)//무제한으로 사는 사람들/늘 배부른 자들을 생각해 본다/사방팔방 곳간이 그득한 부자들/결핍의 겸허함/허기의 그리움을 잃은 자들/무와 공을 믿지 않는 자들//(…)

– '무제한' 부분

무제한 요금제와 빈부 격차를 절묘하게 끌어낸 시. 시는 결코 시시하지 않다. 무려 성찰을 하게 하지 않는가! 그의 무제한 생각은 마침내 무제한으로 아무것도 안 하기에 이른다.

> 고비사막에 주막 차리기가 소원이라는/소설가 이시백 선생의 몽골기행단 일정에는/아무것도 안 하기가 있다(…)
>
> – '아무것도 안 하기' 부분

현대인들은 너무 바쁘다. 나만 해도 '바빠서 죽을 시간 내기도 어렵다'는 말을 줄곧 입에 달고 산다. 이제쯤 그냥 무제한으로 아무것도 안 하고 싶다.

인간이란 존재가 밑바닥까지 추락했을 때

'인간이란 존재가 밑바닥까지 추락했을 때, 그들에게 있어 문화란 하등 쓸모없는 것이었다.'/'인간이란 존재가 밑바닥까지 추락했을 때, 인간들에게 있어 예술은 하등 쓸모없는 것이었다.'

이렇게 선언하지만 극한 상황 속에서도, 우여곡절을 겪으며 문화나 예술이 필요하다는 것을 역설적으로 보여주는 소설이 있다. 김동식의 '회색 인간(요다 펴냄)'

김동식의 '회색 인간'은 어느 날 한 도시에서 만 명이나 되는 사람들이 땅속 세상 사람들에게 납치되어 그들을 위해 그들이 살아갈 땅을 파는 강제 노동을 하게 되면서 벌어지는 이야기이다. 처음엔 회색 인간이 된 듯하여 다들 자포자기했다. 그래서 문화니, 예술이니 하는 것은 소용없는 것으로 여겼다.

처음엔 그런 것 비슷한 행위(문화나 예술)를 하는 이(소설에선 노래 부르는 여인)에게 폭력적으로 굴었으나 자신들도 모르게 차츰 변하여 여인으로 하여금 노래 부르게 하고, 화가에겐 그림 그리게 하고, 소설가에겐 글로 기록하게 하는 등 조금씩 변해간다. 그래서 누군가 노래를 불러도 돌을 던지지 않고, 되레 따라 부르고, 벽에 그림을 그려도 화를 내지 않고, 머릿속으로 이야기를 쓰고 외웠다. 여전히 사람들은 죽어 나갔지만 사람들은 더 이상 회색이 아니었다. 마침내는 회색 인간이 되지 않으려면 문화나 예술이 필요하다는 걸 보여준다. 마치 우리의 엄혹했던 지난 시절을 보는 듯하다.

액세서리나 지퍼, 단추 같은 것을 만드는 아연 주물 공장의 노동자 김동식. 등단 제도를 거치지 않고 한 인터넷 매체에 글을 올림으로써 그의 입담을 알아본 독자들 때문에 책을 펴냈다. 그가 펴낸 소설이 시방 '장안의 지가'를 올리고 있다. 책을 통 읽지 않는 아이들도 그의 소설을 손에 쥐면 끝까지 읽고 만다.

2018년 새해 벽두에 출판계에서 가히 김동식 현상이라 할 만한 일이 벌어진 까닭은 무엇일까?

김동식의 소설은 판타지이다. 많은 이야기가 공상과학소설(과학소설이 아닌!)로 장르 소설이다. 일반 문학이 결코 아니다. 그런데 생각할 거리가 넘친다. 이는 일반 문학과 달리 누구에게나 토론 거리를 제공한다는 얘기이다.

김동식의 글쓰기는 동화적 발상에 닿아 있다. 나아가 인터넷에 익숙한 독자들을 위해 읽기 쉽게 단락을 나누고 단락이 끝나면 한 줄씩 비워놓음으로써 가독성을 높인다. 일반 문학은 묘사 위주로 하여 재미를 반감시키는 데 반해 김동식의 소설은 막바로 서사를 중심에 두고 있어 다음 장면을 궁금하게 하는 등, 이야기의 속도감을 높이고 있다.

책을 별로 안 읽는 어른들도 일단 김동식의 소설집(회색 인간/세상에서 가장 약한 요괴/13일의 김남우)을 아이들과 함께 같이 읽고 가족끼리 서로 토론을 해보면 재미있을 듯하다

너무 늦은 연서

문계봉 시인의 시집 '너무 늦은 연서(실천문학사 펴냄)' 가운데 어머니 연작인 '슬리퍼를 돌려놓으며'를 읽은 뒤 멍해 있다가 고향에 가서 노모를 뵙고 왔다.

늦은 밤 귀가해 태인 씨의 숨소리를 한참 동안 곁에 앉아 듣고 있다가 목욕탕 문을 열고 슬리퍼를 살짝 돌려놓았습니다. 태인 씨 새벽에 일어나 화장실 갈 때 슬리퍼 신다가 넘어질까 봐 신기 편한 방향으로 돌려놓은 거지요. (…)

　　　　　　　　　　　　　　- 슬리퍼를 돌려놓으며

전엔, 운동하다가 생활 앞에서 속수무책인 자신을 그린 '그는 더 이상 진보적 잡지를 읽지 않는다'로 문 시인을 떠올렸는데 어머니(태인 씨로 호명) 연작을 읽은 뒤론 '슬리퍼를 돌려놓으며'를 떠올릴 성싶다.

문 시인은 어머니랑 같이 살고 있고, 나는 어머니를 떠나 살고 있다는 게 차이라면 차이이지만 '어머니…' 말고도 대부분 공감되는 시가 많다.

가령 표제작인 '너무 늦은 연서'의 한 대목.

(…)나와 함께 빛나온/대견하고 고마운 빛/무뎌진 그리움일망정/끝끝내 지키고 싶은/결코 잃어서도 안 되고/잊을 수도 없는 빛/또는 빚, 당신

해설을 쓴 김응교 시인의 말마따나 그는 빛으로 사는 빚을 지고 사는 시인이다!

얼마 전에 화장실 가다가 넘어져 병원 신세를 지고 나와 고향 집에 계신 어머니. 나도 진즉부터 화장실 슬리퍼를 돌려놓기도 하고 슬리퍼를 신기 좋은 것으로 바꿔놓기도 했지만 어쩌지 못했다. 바로 아래 동생은 어머니더러 이제는 아예 슬리퍼를 신지 말고 화장실에 들어가라 한다.

1주일 내내 강의/강연을 하고 주말에는 마감 닥친 글을 써야 하지만 문계봉 시인의 시를 읽자 만사 제쳐놓고 어머니를 뵙고 와야 맘이 안정될 듯하였다. 그래서 뵌 지 얼마 되지 않지만, 버스, 택시, 기차, 갈아타고 진도에 다녀왔다.

　　어머니는 소식도 없이 나타난 자식을 보고, 힘든데 뭐하러 왔냐면서도 자식은 열 번 보고 백 번 봐도 물키지(물리지) 않는다고 하셔서 뵈러 오기 잘했구나 싶었다. 그때 머릿속에서 신중현의 노래 '미인'이 떠올랐다. '한 번 보고 두 번 보고 자꾸만 보고 싶네'가 '열 번 봐도 백 번 봐도 물키지 않네'로 바뀌어서….

먹고 살려면 장사해야 하니
오늘 중으로 나갈 수 있느냐

인간의 이성이 불합리하기 짝이 없다는 걸 '부정변증법'에 정리해 놓은 철학자 아도르노. 그는 말했다. '아우슈비츠 이후에 서정시를 쓰는 것은 야만이다.'라고 나치의 광기를 일컫는 말이지만, 광주의 오월도 이성을 잃은 무리들에 의해 저질러지기는 마찬가지….

아도르노 말투로 하자면 광주 오월 이후에 서정시를 쓰는 것은 야만이다. 광주 오월을 일으킨 자들도 광기를 지니고 야만스러웠던 것은 마찬가지… 그러나 그런데도, 그러기에 더욱 서정시를 써야 한다.

김완 시인의 '바닷속에는 별들이 산다(천년의시작 펴냄)'를 읽었다. 그는 의사 시인이지만 그의 직업인 의업과 관련된 시편보다는 광주 오월을 더 많이 다룬다. 그도 그럴 것이 그는 광주에서 태어나 광주에서 자랐고 지금도 광주에서 의사 일을 보며 시를 쓰고 살기 때문에.

오월은 산의 채도가 올라가는 계절
직선으로 달려온 숨 가쁜 세월도
물기에 의해 꺾이며 둥근 오솔길이 된다
잔잔한 오솔길, 차츰 경사를 높인다.
(…)
토하지 못한 말들의 어지러운 그림자여
다시 오는 오월, 환하게 밝힐 수 있으리라

                    - '다시 오월'에 부분

그의 '오월 시'는 시간의 무게를 이기기에 충분하다. 단순히 비분강개하지만 않기에…. 광주에 살기에 그는 광주의 모든 대상과 일상의 모든 삶에서 '오월'을 느낀다.

오월이 오면 빛고을 광주에 이팝꽃 핀다
거리를 하얗게 장식하는 이팝꽃

가난했던 어린 시절의 쌀밥처럼

(…)

5·18 국립 망월 묘역 가는 길

눈처럼 하얀 이팝꽃 손 흔든다

(…)

부서지고 막막하던 사월이 가고

먹먹하고 미안한 오월이 다시 오면

길가에 서 있는 나무들 하얀 슬픔 꽃 핀다.

(…)

- '이팝꽃 피는 오월' 부분

나는 5·18을 겪은 뒤 광주의 햇살이며 바람, 거리의 풍경을 도저히 견딜 수 없어 광주를 빠져나와 서울로 왔다. 하지만 그는 여태껏 광주를 견디고(?) 있다.

광주를 견디는 그이기에, 더더구나 의사이기에 그의 눈엔 농민 백남기 사망 사고 등에 더욱 눈길이 간다. 물대포를 맞고 죽은 백남기 농민의 죽음을 두고 외인사가 아니고 병사라고 우긴 모 대학병원의 백모 교수의 비양심적 처사를 꾸짖는다('시월')

뿐만 아니라 그는 세상사의 모든 불합리한 것에 대해 눈길을

거두지 못하고 시인의 촉수로 어김없이 더듬는다. 그래서 '나라
가 지랄 염병을 해도/거리마다 가을이 가득하다'는 시가 나올 수
있으리라.

그의 본업인 의업을 할 때도 시인의 촉수는 팽팽하게 살아 있
다. 그러기에 '환자의 말속에는 뭔가가 있다'고 노래한다.

(…) 환자에게 '술과 담배를 반드시 끊어야 한다'라고 말하니 환자는 흔쾌히 그
렇게 하겠다고 답하지 않는다. 오히려 '먹고 살려면 장사해야 하니 오늘 중으
로 나갈 수 있느냐'라고 되묻는다. 오늘도 죽음과 삶을 경험한 환자에게서 문
밖 세상의 절절한 고통을 배운다.

　　　　　　　　　　　　　　　　　　　　　　　　　－ '죽었다 살아난 남자' 부분

먹고 사는 보통 사람의 절박한 심사를 아는 의사 시인. 그가
시인이 아니었으면 '문밖 세상의 절절한 고통'에 대해 그러려 하
고 말았을지도 모른다.

내 주변에 전남대 의대 출신의 의사 시인은 세 명 있다. 선배
인 나해철 시인은 '5월시' 동인 활동을 하며 시는 이렇게 쓰는구
나를 일깨워주었고, 김연종 시인은 어떤 종합문예지 편집위원
노릇을 할 때 그가 투고한 작품을 읽고 '극락강역'이라는 시집이

간행되는 것을 지켜본 적이 있다. 김완 시인은 이번 시집 전에 펴낸 시집 '너덜겅 편지(푸른사상 펴냄)' 때부터 읽었다. 그는 같은 또래이지만(나보다 한 살 위!) 최근 몇 년 사이에야 그의 존재를 알았다. 아버지가 숨을 거두어 장례를 치른 '광주보훈병원'이 그의 직장이라는 게 억지로 꿰맞춘 인연이라면 인연.

발아 미안하다 미안하다

순식간의 일이었다. 지붕에서 사다리를 딛고 내려오는데 사다리가 미끄러지더니 내 몸도 사다리와 같이 내동댕이쳐졌다. 걸을 수 없다. 급히 병원에 가서 여기저기 찍고 조치를 취했지만, 의사 왈 발목이 삐었고, 인대가 찢어졌단다. 머리를 안 다치고 목발을 안 짚게 되어 그나마 다행이란다. 금세 발 전체가 시퍼렇게 변한다. 피멍이 든 것이다. 1980년 광주에서 본 시신들의 멍이 떠오른다. 몸서리가 쳐진다. 가지색이던 그 멍들.

기무사인지 살무사인지 하는 보안사 후신 군부대가 지난 촛불집회 때 촛불 시민들을 상대로 무력을 동원한 계엄령을 내리려 했단다. 80년 광주가 떠올라 몸서리쳐진다. 아직도 그런 생각을 하고 있는 족속들이 있다니.

쌍용자동차 해고 노동자가 또 목숨을 끊었고, '세월호 의인' 으로 불리어지는 분이 세월호 트라우마에 시달리다 못해 자해하 고, 최저임금 가지고 장난치는 세상이다. 정작 손보아야 할 집단 은 손보지 않고 엉뚱한 일만 벌이는 정치가니 경영자니 하는 족 속들. 세상은 정녕 힘 있는 자와, 가진 자들만의 놀이판인가?

이런 세상에 내 발 다친 것 정도는 아무것도 아니다. 발의 멍 이야 시간 지나면 없어질 테고, 시간 지나면 예전처럼 걸을 수도 있을 테니까. 근데 가슴에 멍이 진 이들은 어찌해야 하나?

자빠진 김에 쉬어간다는 말이 있지만, 바깥 일정을 줄이고 그 시간에 밀린 시집을 읽었다. 마침 김황흠 시인의 시집 '건너가는 시간(푸른사상 펴냄)'을 펼쳤더니, 펼친 곳이 하필 '다친 발에게' 시 편이다.

(…)몸의 가장 아래에 있는 그가/아프다고 한다/햇살은 살갑게 만지는 게 아 니라 벌침,/따가움으로 부은 발이 달아오른다/통통 부은 발을 쓰다듬는 손 은/하염없이 미안타미안타/서로 살 부비는 몸이 있다
                                              – '다친 발에게' 부분

나도 그랬다. 손으로 발등이며 발바닥이며 발목을 '제대로' 쓰다듬어 보았다.

시집의 다른 면을 펼치니 그의 어머니 모습이 잡히며 웃음이 살짝 나온다.

> 비 짝짝 퍼붓는 하루, 밀쳐둔 책 읽는데/-아야, 어디서 타는 냄새가 난다/읽던 책 접어놓고 부엌을 이리저리 둘러보지만/눅눅한 습기 밴 어둠만 물컹물컹하다/-에이, 어머니 속에서 타는 것 같은디?/썩을 놈, 어머니 얼굴에 웃음이 돈다
>
> — '어느 하루' 전부

내친김에 김황흠 시인의 시집 옆에 있는 문동만 시인의 시집 '구르는 잠(반걸음 펴냄)'을 마저 펼쳤다.

> (…)함께 울음이라도 울어줄 정부라도 있다면/울음행정부 울음기획처 울음 대책 본부가 있는 나라/울음주머니가 두툼하게 달린 대통령이/울음보라도 만지며 기대어 울기라도 하는 나라라도 있다면(…)
>
> — '손톱' 부분

세월호에서 희생된 아이들 염을 하는데 손톱이 빠져 있더라는 사실을 시작으로 한 시. 그때 대통령을 비롯 정부 벼슬아치, 군경, 언론이 어찌하였던가! 그

래서 '사월이라 쓰고 오월이라 울었어요('사월이 오월에게' 부분)'라고 시인은 울부짖는다. 나아가 '너는 너의 상주가 되어 너를 끝마치었다('너는 너의 상주가 되어' 부분)' 고 노래했는데, 지금 상황과도 맞아 전율! 시인의 공감력 내지 연민은 자고 있는 강아지를 보면서도 발휘된다. '달빛이 곤히 잠든/엄마 등을 적실 때/그냥 엄마하고 부르고/싶을 때가 있다/부르지는 못하고/그냥 곁에 누워본다/곁에 가만히 누워 곁에/혼자 자고 있는 강아지를 바라보다/너에게도 엄마가 있었구나/또 자리를 옮겨/그 곁에 누워 본다.

– '곁에 누워 본다' 전부

세상 여기저기에 멍이 잔뜩 들어 있다. 내 발에도 멍이 들어 있다. 몸서리가 쳐진다. 또 하루가 간다….

그대들은 시를 쓰고 나는 시를 읽고

나는 늘 한 줄의 시로 감동을 주지 못해 동화와 소설을 여러 권째 쓰고 있다고 구시렁거린다. 이 말은 시로 문단에 나온, 명색이 시인이면서 제대로 된 시를 쓰지 못하고 있다는 자책이다. 그런데 그 말 가지고 늘어지면서 시비를 거는 족속들이 많다. 앞뒤 문맥을 제대로 읽지 못하는 사람들과 똑같은 인간이 되고 싶지 않아 나는 아무런 대꾸를 하지 않고 묵묵부답!

태풍 덕에 여러 일정이 취소되거나 연기되어 그간 밀린 시집을 읽는 행운을 누렸으니, 인생 새옹지마!

박선욱 시인이 실로 25년 만에 묶어낸 네 번째 시집 '회색빛

베어지다(도서출판b 펴냄)'.

시인에게 세월호가 바닷물에 가라앉은 2014년 4월 16일 '그
날'은

'철쭉이 소스라치게 피고 지고/철쭉 뚝뚝 떨어진 자리에 장미꽃 붉게 피고 지
고/장미꽃 으스러진 자리에 코스모스가 피고/(…)/바다에는 아직도 돌아오지
못한 이름들이/파도로 너울거리고 있다/(…)/여전히 오늘이 그날/(…)'이다.
— '그날' 부분

박선욱 시인하면 무엇보다 그의 결혼식 장면이 떠오른다. 출
판 무슨 회관 어디선가 했던 결혼식. 노래 잘 부르는 박선욱 시
인 결혼식이라 역시 가수가 축가를 불렀다. 그때 가수는 김원중.
김원중은 그 무렵 '바위섬' 노래로 대중의 인기를 얻고 있었다.
'바위섬'은 5·18 광주를 두고 부른 노래…. 그래서 그런지 이번
시집에 실린 많은 시가 외면할 수 없는 우리의 현실과 사회를 다
룬 것이 당연하게 여겨진다.

이어 김연종 시인의 '청진기 가라사대(천년의시작 펴냄)'를 조심스
레 읽는다. 조심스레 읽는 까닭은 혹시라도 내 몸의 병이 청진기
를 통해 의사인 그에게 전달될지 몰라서…. 김연종은 내과를 경영

하는 시인. 그는 내가 편집위원으로 참여하고 있던 문예지에 시를 투고하여 문단에 나오고, 곧이어 '극락강역(종려나무 펴냄)'이라는 시집도 펴냈던 기억. 벌써 10년이 더 된 세월! 그 말은 그를 못 본 지 10년이 넘었다는 소리.

> (…) 내 삶은/퍼즐처럼 완성될 것이다/싱거운 눈물 한 방울에/소금 인형처럼 사라져버릴/저 처참한 몰골을 꺼내/온전한 햇빛의 거울에 말릴 수만 있다면//모든 신음은 내게로 와서 멈추어 섰다(…)
> – '파경' 부분

그의 시는 거의 의사/환자/청진기에 가 닿아 있다. 시에도 시인이 자주 쓰는 용어와 도구가 들어 있을 수밖에.

내친김에 김보일의 첫 시집 '살구나무 빵집(문학과행동 펴냄)'을 보았다. 김보일은 현직 고등학교 교사이면서 적지 않은 청소년 도서를 냈다. 그런데 그것만으로는 그의 글쓰기 용량이 부족했던 듯. 어쩌면 남모르게 오랫동안 시를 쓰고 있었는지도.

그의 시는 읽는 것이 아니라 보는 것이다. 내가 그의 시를 청각적 이미지보다는 시각적 이미지를 동원하여 읽는 건 어쩌면 그가 그림에 능하다는 선입견이 작용했는지도.

'아마도 흐렸던 날이었을 것이다/그때 너희들의 윤곽이 어슴푸레해져/너희들의 그림자는 서로를 허락하며/즐겁게 넘나들기도 했지만/후박나무 그늘로 내리는/여름이 하도 성급했으므로'태양은 제 기억을 놓치지 않으려/분주히 잎새들을 둥글게 키우고/(…)

- '그 여름의 끝에서' 부분

그의 그림은 상당한 경지에 이른다. 아버지가 남긴 그림도 예사롭지 않다. 부전자전일까? 하여튼 그는 그림 그리듯 시각적 이미지를 바탕에 깔고 시를 쓴다. 다음번엔 그림 전시회를 한다는 소식이 전해지고 화집도 내기를.

시를 읽는 동안 태풍이 약해져서 한반도를 빠져나갔단다. 다행스러운 일이다.

있는 그대로 나답게, 내 깜냥대로!

내가 고등학교 다닐 때 유행했던 자기계발서는 노먼 빈센트 필 박사의 '적극적 사고방식'이라는 책이었다. 그 책의 제목에 이끌려 친한 동무한테 선물하기도 했지만 그 벗은 내 바람과 달리 그다지 적극적으로 사고를 하지 않았다. 그런 그는 성경, 불경, 논어, 도덕경 등을 읽고 난 뒤에야 적극적이고 긍정적으로 변했다. 그래서 나는 그때부터 앞에서 든 책들을 최고의 '자기계발서'로 간주하고 살았다. 자기 수양서이기도 하니까!

흔히 소승은 욕망을 버리고, 대승은 욕망을 다스리고, 금강승은 욕망을 아예 수행 에너지 내지는 밑바탕으로 삼는다고 한다. 욕망 때문에 자기 속에선 온갖 번뇌가 생기고 타인과의 관계에서도 삐그덕거리기 마련. 종교의 모든 경전과, 성현들의 사상, 철인들의 철학, 작가들의 소설이나 시문은 결국 욕망에 대한 저마다의 대처 방법을 다룬다는 게 내 생각….

비가 장하게 내리고 있는 지금, '있는 그대로 나답게(도연 지음/특별한서재 펴냄)'를 보면서 새삼 욕망에 대해 다시 생각해본다. 며칠 전까지만 해도 더워서 잠을 못 이루겠다고 아우성이었는데, 이젠 비 좀 그만 왔으면 하는 마음이다. 참, 사람 마음이 간사스럽다.

저자는 스님이지만 산속에서 홀로 수행하는 도인인 체하지 않고 '내 삶을 철학으로 진단하고, 명상으로 치료한다'는 전제 아래 사람들이 잘 아는 책을 예로 많이 든다. 성경과 불경은 물론 철학, 물리학, 심리학, 문학 등등, 그가 방황할 때 눈길과 손길이 갔음 직한 선인들의 책에서 상황에 맞는 구절을 잘 인용하였다. 그도 세속(카이스트 물리학도)에 있을 때 꽤나 힘들었나보다. 그의 방황의 흔적이 책 쪽마다 배어있다.

내 젊은 날 나는 불교의 원시 경전 가운데 하나인 '법구경'을 보며 마음을 늘 다잡았다. 내가 보던 법구경은 김달진 역으로 1960년대 초에 나왔지만 1980년대의 나를 견디게 했다. 지금이야 팔리어 원전으로 번역한 법구경도 있지만 나는 한역본인 김달진 시인 역을 좋아한다. 법구경 속에 담긴 해학적이고 역설적이며, 잠언적인 구절들을 간결하게 잘 옮겨 내 젊은 날을 견디게 했으니까!

'있는 그대로 나답게'에도 법구경이 많이 들먹여져, 옛날 사람이나 지금 사람이나 다들 비슷한 욕망 때문에 괴로워하는구나, 하는 것을 느꼈다. 60년을 살아보니, 그냥 내 깜냥대로 사는 게 최고, 라는 것을 알았다. '있는 그대로 나답게' 사는 게 바로 깜냥대로 사는 게 아닐까? 근데 내가 누구지? 내가 누구인지를 알기가 여전히 어렵다.

몇 번이나 더 만날 수 있을꼬!
이 가을비, 이 단풍들, 이 인연들

흔히 잘 물든 단풍이 봄꽃보다 더 아름다울 수 있다고 말한다. 맞는 말이긴 하지만 어쩐지 쓸쓸함이 묻어 있기도 하다. 비를 맞아 아무런 저항(?)도 하지 못한 채 길거리에 내팽개쳐지듯 한 낙엽이 푹신하게 깔린 길을 우산을 받쳐 든 채 밤길을 걸어 부평여고를 찾아간 밤. 하루 종일 잠시도 쉬지 않고 비가 내려 무척 을씨년스러운 밤이었다.

그 학교의 교사인 동갑내기 문우 신현수 시인이 지하철 부평시장역까지 마중을 나와 그나마 덜 녹초가 될 수 있었다. 그날은 오전부터 강연을 해서 녹초가 된 상태였지만, 학년 초인 3월부터 교과서에 실린 내 작품은 물론 다른 내 책까지 두 학기 동안 읽은 학생들이 기다리고 있어 가을비가 추적추적 처량하게 내리는 밤이었지만, 나도 잘 물들어가는 단풍이라고 애써 자위하며 힘을 냈다!

뒷날 아침엔 보령의 한 도서관에서 학부모를 만났다. 근데 신현수 시인이 교사 초년시절 제자였던 보령의 대천여고 학생들이 학부모가 되어 나타나 내가 나이 먹었다는 걸 실감케 하였다. 그들을 보자 나는 이제 단풍이 들었으니 떨어져 낙엽이 되어야 하는가 싶기도 했지만, 한편으론 마음이 뿌듯하여 다시 기운을 냈다. 그들은 전교조 활동을 하다가 학교에서 쫓겨나 다시 복직한 신현수 시인을 한결같이 존경하고 이미 전설 속의 인물로 되새기고 있었다. 벗이 중년의 제자들로부터 칭찬을 받으니 내가 다 기분이 좋아 다시 기운이 솟았다.

그래서 그동안 내가 읽어주기를 기다리고 있던 시집들을 서울 오는 길의 고속도로 휴게소에서 시간 가는 줄 모르고 읽었다.

이창윤 시인의 시집 '놓치다가 돌아서다가(bookin 펴냄)'에선 만만치 않은 삶이지만 가슴 속 저 깊은 데에서부터 잘 곰삭힌 내공을 느꼈다. '… 몸의 전율이 심장으로/하루 종일 전이되는 날/누워 있는 모든 것을 일으키고 싶다'('몸 편치 않은 날' 부분)라는 대목에선 내가 느끼는 감정이나 아픔은 값싼 감상이라는 생각까지 들었다.

하재청 시인의 '사라진 얼굴(시와에세이 펴냄)'에선 '(…) 밥그릇을 비우는 건 바로/한 생을 비우는 것인가 봅니다'('아버지의 밥그릇' 부분)를 읽을 때는 바로 이 맛에 시를 읽는 거야, 라는 생각이 절로 들었다. 시인은 '(…) 파리똥 묻은 할머니의 사진 속/텅 빈 할머니의 밥그릇을 바라보면서/글쎄 아버지가 웁니다/밥그릇을 비우는 건 바로/한 생을 비우는 것인가 봅니다'('아버지의 밥그릇' 부분)라고 그렸다.

이어 함순례 시인의 '나는 당신이 말할 수 없는 것을 말하고 (애지 펴냄)'에선 그의 따스한 웃음과 그의 이름에서 풍기는 '순례'라는 느낌과 어우러진 다양한 관심을 발견해내는 재미가 쏠쏠했다. '(…) 나를 떠나고 내가 떠나온 계절/애를 녹이며 캄캄하게 저문 빛/흩어진다, 정처 없이/지구 반 바퀴를 돌아도/정처가 없어 (…)'('역마' 부분)에선 고개를 끄덕이며 휴게소 뒷산의 가을 풍광을 바라보며 '내가 떠나온 계절'에 대해 오래오래 생각했다.

신덕룡 시인의 '다섯 손가락이 남습니다(서정시학 펴냄)'에선 얼마 전에 학교에서 물러난 사내의 쓸쓸함이 같이 묻어나는 걸 보았다. '세월호' 수장 사건을 보고 쓴 시 같지만 그의 삶과도 겹치었으니, 이게 시 읽기의 묘미 아닐까? '(…) 아직도 할 말이 많이 남아 있으니/거기, 그래 거기서 만나('소리가 없다' 부분)'

김개미 시인의 '레고 나라의 여왕(창비 펴냄)'은 동시집이지만 일반 시집 못지않은 삶의 통찰력을 맛보았다. '(…) 당장 무릎을 꿇지 못할까!/호통도 내가 치고/스무 명이나 되는 졸개들 무릎도 내가 꿇린다./(…)/에고, 이게 무슨 꼴이냐./여왕님 한번 하려고/졸개를 스무 번이나 하네!'('레고 나라의 여왕' 부분)

마지막으로 이틀 동안 인연이 계속된 신현수 시인의 '인천에 살기 위하여(다인아트 펴냄)'를 읽었다. 어떤 작가는 '밥벌이의 지겨움'에 대해 썼는데 그는 밥벌이가 지겹지 않다고 썼다. '(…) 정말 당장 내일부터 학교에 나올 수 없다면/아무리 곰곰 생각해도/내가 할 수 있는 다른 게 없다/…/전날 술을 아무리 많이 먹어도/다음날 일찍 벌떡벌떡 일어나야 하는 내가/하나도 가엾지 않다/(…)/아 나이 든다는 것은/밥벌이가 하나도 지겹지 않은 것'('밥벌이의 지겹지 않음' 부분)

가져간 시집을 다 읽은 뒤 휴게소를 빠져나오면서, 서울 오는 내내 길옆 산에 잘 물든 단풍과 바람에 사정없이 흩날리는 길 위

의 낙엽과 그간 맺은 인연들을 생각했다. 전날 만난 가을비조차
도 몇 번이나 다시 만날 수 있을 것인가를.

맏딸은 살림 밑천이라고?

깡깡이라니? 이게 무슨 말이디야? '깡깡이(한정기 지음/특별한서재 펴냄)'라는 책이 손에 들어왔을 때 맨 먼저 든 생각이다. 나는 깡깡이라는 말을 몰랐다. 예전에 배를 수리하던 수리 조선소가 있던 부산 영도에선 유명짜한 말이었던 듯. 눈물 없이는 떠올릴 수 없는.

내게 부산은 큰고모를 비롯해 동네 사람들이 가서 살던 장소로 기억한다. 그래서 막내 숙부는 큰고모가 살던 부산의 온천장으로 신혼여행을 가기도 했다. 큰고모는 맏딸이었다.

그 다음으론 부산에서 서점 일을 하며 살던 초등학교 동창 여자애가 기억난다. 그 애는 향리에서 겨우 중학교를 마치고 상급 학교 진학을 못하게 되자 부산에 가서 서점 일을 했단다. 배움에 대한 갈증을 풀기엔 서점이 가장 적당했던 듯. 내가 첫 시집을 냈을 때 서점에 들어온 내 시집을 보고 내가 글쟁이가 된 줄을 알았던 애…. 그 애도 맏딸이었다.

부산의 '영도다리'를 콕 집어 '슬프게' 기억하게 하는 게 또 있다. 김남주 시인이 생전에 잘 부르던 '고향의 그림자' 2절 가사에 영도다리가 나온다.

(…) 찾아갈 곳은 못 되더라 내 고향/첫사랑 버린 고향이길래/초생달 외로이 떠 있는/'영도다리' 난간 잡고 울 적에/술 취한 마도로스 담뱃불/연기가 내 가슴에 날린다/연분홍 비단실 꽃구름같이/내 고향 꿈이 퍼진다(~)

한정기의 소설 '깡깡이'의 배경은 부산 영도이다. 고향을 떠나 영도에 닻을 내린 사람들 이야기이다. 깡깡이는 배를 수리하거나 페인트를 새로 바르기 위해 배의 녹을 떨어낼 때 나는 소리이 단다. 주로 여자들이 해서 '깡깡이 아지매'라 불리었다.

주인공의 어머니도 가족을 먹여 살리기 위해 깡깡이 일을 한다. 주인공은 젖먹이 동생을 업고 어머니한테 젖 먹으러 다니고.

그 애 역시 맏딸로 상급학교는 진학할 엄두를 내지 못한다. '살림 밑천'이 된 그 애. 그 애의 이야기는 눈물 없이는 읽을 수 없다. 눈물 없이는 볼 수 없다고 선전하던 1960년대 한국 영화처럼.

누구라도 그러하듯이,
우리의 사랑도 그러하리라

60평생 자신의 관심은 '사랑과 혁명과 학교'였다는 인천의 글벗 신현수 시인의 시집 '천국의 하루(작은숲 펴냄)'에서 그의 사랑법을 읽는 저녁.

저 낙엽은 제 집을 떠나/ 땅위에 굴러도/견디는구나/우리의 사랑도 그러하리라/저 낙엽은 지나가는 사람들과/산새와 다람쥐가/아무리 짓밟아도/견디는구나/우리의 사랑도 그러하리라/저 낙엽은 바람이/제 몸을 이리로 저리로 구르게 하여도/견디는구나/우리의 사랑도 그러하리라/저 낙엽은 서리가 볼을 때려도/견디는구나/우리의 사랑도 그러하리라(…)

– '우리의 사랑도 그러하리라' 부분

생뚱맞게도 '우리의 사랑도 그러하리라' 앞에 70년대 말 배인숙이 부른 노래 '누구라도 그러하듯이'를 붙이고 싶다. '누구라도 그러하듯이, 우리의 사랑도 그러하리라!'~

혁명은 견디는 것, 자기 자리에서 자신이 할 수 있는 일을 하며 잘 견디는 것! 무장을 하고 목소리 높여 다 뒤집어엎는 게 혁명이 아니다. 그는 혁명을 사랑한다. 젊었을 때엔 학교에서 쫓겨나기도 했지만, 혁명을 사랑하기에 잘 견디어냈다.

그가 새로운 혁명을 꿈꾼다. 이 땅의 아이들뿐만 아니라 라오스 방갈로 초등학교 아이들을 돕는 일에 적극 나선 것. 그는 혁명을 사랑하고 학교를 사랑한다. 그래서 그의 눈길 손길은 이 땅의 아이들에게만 머물지 않고 멀리 라오스 아이들에게까지 가닿는다. 그가 꾸는 새로운 혁명. 역시 사랑이다!

그는 잔잔하다. 결코 요란스럽지 않다. 그렇지만 부지런하다. 동에 번쩍 서에 번쩍. 없는 듯이 어디에도 있는 그.

그를 언제 처음 만났는지는 기억에 없다. 저 세상으로 호적을 옮긴 동갑내기 박영근 시인이나 김이구 소설가와 함께였는지, 아니면 인천의 어떤 행사 자리였는지 모르겠다…. 하지만 언제

보아도 편안하고 푸근하다. 동갑내기이지만 고향 위아래 집 형이나 삼촌 같다.

　　그의 아내인 임○○선생 학교에 먼저 강연을 갔다는 것은 기억난다. 나중에 그가 말했다. 임○○선생이 자기 아내라고…. 그러고 보니 강연하곤 이래저래 얽혔다. 작년 가을에는 그가 있는 부평여고에 강연 간 적이 있었다. 은행잎이 비에 젖어 길바닥에 많이 깔려 있던 밤이었다. 그날 낮에 강연이 두 개 있어서 두 번째 강연이 끝나자마자 헐레벌떡 갔는데 그가 지하철 부평시장역까지 마중 나왔었다. 놀란 일은 그 이튿날 벌어졌다.

　　부평여고에서 강연 끝나고 그의 단골집에 가 늦은 저녁을 먹었다. 뒷날 오전에 보령의 한 도서관에 강연이 잡혀 있어서 오래 같이하지는 못했다. 뒷날 그 도서관에 갔더니 중년의 여인들이 여럿 와 있었다. 그가 해직되기 전 보령의 대천여고에서 만난 제자들이었다! 그의 제자들이기에 강연주제인 '어른도 읽는 청소년 문학' 제목에 끌렸을 것이다. 강연 중간중간 옛 스승한테 보고(?)를 하는 옛 제자들. 이제는 같이 늙어가는(?) 처지이지만 젊었을 때 영향을 많이 주었던가 보다. 그 가운데 한 사람 왈 자신은 대천여고 출신이 아니지만, 신현수 선생의 인품에 끌려 자진해서 제자가 되었다고 자기를 소개했다.

글을 쓴다는 것은 사람을 좋아하는 것이다. 그러기에 글 쓰는 사람은 사람이 살기 좋은 세상을 꿈꾼다. 신현수 시인도 사람을 좋아하기에 사람들이 사는 세상이 좋아지기를 바랐을 터. 그의 시집에 그가 좋아하는 사람들이 많은 이유이기도 하다. 동화작가 안학수. 시인 이정록, 시인 이종형, 시인 안상학, 스승 조재훈 시인, 시인 송경동, 선배 해직 교사 최교진 등등. 그 밖에도 노래꾼을 비롯하여 많은 사람이 등장하는 것은 그의 품이 그만큼 넓다는 증거 아닐까?

눈물은 둥글다

웃음은 구겨질 수 있어도/눈물은 언제나 둥글다.//하늘로 올라간 웃음은/땅에 떨어져 썩을 수 있어도,/땅에 떨어진 눈물은 향기 나는 기도처럼 하늘로 올라간다.//눈물은 한 생애를/둥글게 하는 힘이 있다.

– 최서림, '눈물은 둥글다' 전부

요 며칠 동안 최서림 시인의 시집 '시인의 재산(지혜 펴냄)'을 가지고 다니면서 틈날 때마다 읽었다. 세상을 시끄럽게 하는 '자유~' 뭐라고 하는 무리들의 '코미디' 같은 행태에 쓴 웃음을 지었는데 최서림 시인의 시를 읽으면서 애써 그들의 억지를 외면할 수 있어 좋았다.

'숭악한' 것들은 울 줄 모른다. 그러기에 눈물도 없다. 숭악한 것들이 '국민'을 내세우며 가짜 투사 짓을 하고 있는 걸 보자니 웃음이 났다. 그런데 이 웃음은 시인의 언명대로 구겨질 것이다. 그들 따라 같이 웃는 무리들의 웃음도 머지않아 구겨질 것이다. 지지율이 높아졌다고? 자승자박인 줄 알아야하리….

눈물, 그러면 박용래 시인을 떠올리지 않을 수 없다. 최서림 시인의 시 구절 '눈물은 한 생애를 둥글게 하는 힘이 있다'는 박용래 시인을 더 떠올리게 한다. 박용래 시인은 이 세상에 존재하는 것, 특히 하잘것없는 것에는 더욱더 무한한 연민을 느껴 매번 눈물을 흘렸다. 그런 것에서 더욱더 아름다움을 발견했기 때문이란다. 역설적으로 세상의 아름다운 것은 모두 박용래 시인으로 하여금 눈물을 흘리게 했는지 모른다.

그래서 최서림 시인은 아예 어떤 시에 제목으로 '박용래론'을 붙이기도 했다, 최서림 시인은 시 '박용래론'에서 '스스로 길 밖으로 망명한 자,'이고 '피 묻은 바퀴로 가차 없이 달릴 것이다.'라고 노래했다. 박용래 시인이 지니고 있던 생명에 대한 경외감과 언어의 간결성, 서정성 등을 자신의 시에서도 구현하고자 하는 바람이리라.

소설가 이문구 선생은 생전에 박용래 시인과 가까이 지냈는데, 박용래 시인이 만날 적마다 눈물을 흘렸다고 한다. 딱 두 번만 빼고…. 그래서 박용래 시인을 '눈물의 시인'이라고 불렀다.

눈물을 흘릴 줄 안다는 것은 공감하고 연민을 느낄 줄 안다는 얘기이다. 시인만 눈물을 흘리는 것이 아니다. '자유~' 패거리들은 눈물을 흘릴 줄 모르는 족속들이다. 눈물을 흘릴 줄 모른다는 말은 절대로 타인의 삶에 공감을 못 한다는 얘기이기도 하다.

아리스토텔레스의 시학에 따르면 비극은 평균치 이상의 인간이 세계의 모순과 맞서다 실패하거나 좌절해서 끝이 불행해지는 것이다. 이에 비해 희극은 평균치 이하의 인물, 즉 덜떨어진 인간이 딱 자기 수준에 맞게 어리석은 짓을 하는 것이란다. 그 분류에 따르면 요즘 '자유~' 무리들이 하는 행위는 희극! 이들이 하는 짓을 보면 옛 연속극 대사 '웃겨 증말!'이 저절로 떠오른다.

가방에 담고 다닌 책들

자기네들 무리 가운데 어떤 이가 말했듯 '존재 자체가 민폐'인 '자유~' 뭐라는 정치떼들 하는 꼬라지, 교육, 부동산, 노동 정책이랍시고 내놓는 정부 정책을 간헐적으로 접하다 보면 한숨이 절로 난다. 국'개'의원, 청와대, 검찰, 법원, 재벌가, 북조선 김씨 일가, 아메리카 대표라하는 '트~ 씨', 일본의 일베 일가인 '아베' 씨. 모두들 권력 맛에 취해서 똥오줌 못 가리고 있는 듯. 나라 안팎 돌아가는 꼴이 심상치 않지만 내 개인의 삶이 하도 경황이 없어 이런저런 반응도 못하고 느낌을 속으로만 삭이며 지내는 하루하루.

읽고 싶어 가방에 담고 다녔지만, 좀체 틈을 못내다 강연가는 기찻간에서, 노모 병실에서 슬쩍슬쩍 맛을 본 몇 권…. 권성우의 '비정성시를 만나던 푸르스름한 저녁(소명출판 펴냄)', 오길영의 '아름다운 단단함(소명출판 펴냄)', 맹문재의 '시와 정치(푸른사상 펴냄)', 고영직의 '인문적 인간(삶창 펴냄)', 이재무의 '쉼표처럼 살고 싶다(천년의시작 펴냄)'.

나는 에세이와 수필을 구분한다. 예전엔 수필을 에세이와 미셀러니로 나누어, 에세이는 중수필 미셀러니는 경수필이라고 했지만, 이 분류가 옹색해 나는 아예 '에세이'와 '수필'로 나눈다.

권성우, 오길영 두 교수 모두 자신들의 책 머리에 에세이의 힘과 가치를 피력하고 있다. 이분들도 에세이의 효용에 대해 오랫동안 고민한 듯…. 아닌 게 아니라 두 분의 글을 보면 모두 에세이로 분류할 만한 것들이다. 이분들뿐만 아니라 고영직, 맹문재 두 분의 책도 에세이로 분류할 만한 것들. 지금 떠오르는 대표적 에세이 글은 재일한인인 서경식, 강상중의 글과 귀화 한인인 박노자의 여러 글, '인문학은 밥이다'를 비롯하여 여러 저작물에서 에세이의 진수를 유감없이 보여준 김경집의 글에서도 에세이의 '효용'을 만났다.

이참에 읽은 이재무 시인의 '쉼표처럼 살고 싶다'는 내 분류에 따르면 전형적인 '수필'이다. 같은 자리에 놓을 수 있는 글은 신영복 선생의 글. 두 분의 글은 일상의 자잘한 것들을 직관의 눈으로 살펴 묘사를 핍진하게 한 뒤 '잠언'이라고 할 수 있는 '한말씀'까지 곁들인다.

굳이 두 글의 기준을 세우자면 에세이는 지성과 지식이 바탕에 깔려 있어야 하고, 수필은 감성과 직관이 더 승한 듯.

살아남자, 비극적인 시대를 꼭 극복하자,
어떤 상황이 와도 자포자기하지 말자

오스트리아의 정신과 의사 빅터 프랭클은 유대인이라는 이유로 3년 동안 아우슈비츠를 비롯하여 나치의 수용소 4곳을 전전하였다. 프랭클 본인과 여동생은 가까스로 살아남았지만 부모, 아내, 형은 목숨을 잃었다. 프랭클은 나치의 패망 뒤엔 빈 대학병원 신경정신과에서 의사로 일하며, 죽음의 수용소에서 살아난 경험을 바탕으로 한 로고테라피(심리 치료)를 창시했다.

사람은 누구나 현실의 어려움을 이겨낼 수 있는 가능성을 지니고 있다고 프랭클은 여긴다. 아무리 비참한 상황에서도 의미를 발견하고, 나아가 의미가 하나도 없는 듯 보이더라도 가치 있는 일로 바꿀 수 있다고 생각하는 게 그의 연구의 시작과 끝이다. 그러한 인식을 바탕으로 한 치료법이 로고테라피이다. 로고테라피는 항상 사람을 중심에 둔다. 그러기에 환자의 말에 귀 기울이며 환자를 통해 배운다는 자세로 치료에 임한다. 그래서 그는 평범한 의사가 아니라 환자의 고통에 동참하며 환자의 아픔을 덜어주는 뜨거운 가슴의 소유자로서 공감을 할 줄 아는 치유자였다.

그는 오로지 환자에 집중함으로써 그들이 자신에게 한 말은 한마디도 놓치지 않고 기억하지만, 자신이 환자에게 해준 좋은 말들은 기억하지 못하는 경우가 많다고 했다. 그는 환자의 고통에는 공감하고, 환자가 두려워하는 것에 대해선 반대의 근거를 제시함으로써 환자를 안정시켰다고 한다. 이는 자신의 말보다는 환자의 말이 더 중요하다고 여겼다는 것이다. 사실 환자는 의사 내지는 상담자가 공감만 해주어도 고통에서 벗어나는 경우가 많다는 걸 그는 일찍이 알고 실천했다.

그는 로고테라피 치료법을 '발견'했다고 말한다. 발견했다고 말하는 건 없는 걸 새로 만든 게 아니고 있는 걸 실천했다는 얘기이다. 그래서 그는 임상에서뿐만 아니라 강의에서도 삶의 의미를 발견하는 것은 중요한 일이고, 모든 인생은 의미가 있다고 힘주어 말했다. 그렇기에 삶의 의미를 물어서는 안 된다고 하면서 자신에게 발견되어 실현되길 기다리고 있는 자신의 삶의 의미'를 적극적으로 찾아야 한다고 역설했다. 삶이 자신에게 하는 질문에 대답을 해야 한단다. 그렇게 자신의 존재를 스스로 책임

질 때 삶이 자신에게 던지는 질문에 답할 수 있다고 여긴다.

그는 일찍이 자신이 최종적으로 발견해야 하는 삶의 의미는 자신의 수용 능력을 넘어선다는 걸 알았다. 그러기에 무엇보다도 중요한 건 자신을 초월하는 의미가 중요하단다. 자신은 의식하지 못하더라도 자기 초월의 욕구가 있고 자기 초월의 의미도 지니고 있단다. 그러면서 자신을 초월하는 의미를 믿어야 한다는 걸 일관되게 지켰다.

그가 죽음의 수용소에서 살아남을 수 있었던 이유 가운데 하나는 잃어버린 원고를 다시 쓰고야 말겠다는 의지였다. 그는 알고 있었다. 죽음의 수용소이지만 그곳이 되레 자신이 정신적으로 성숙할 수 있었던 결정적인 시험대였다는 것을. 그는 말한다. 자기 초월과 자기 상대화에 있어서 인간이 얼마나 무능한지, 가치가 얼마나 중요한지를 수용소에서 확인했다고.

그의 수용소에서의 죽음의 체험과 경험적 지식은 '의미에 대한 의지'나 자기 초월을, 자기 자신을 초월한 무엇인가를 지향하는 인간 존재를 확인하게 해주었다. 환경 조건이 같더라도 미래를 지향하는 사람, 미래에 충족될 의미를 지향하는 사람은 반드시 살아남는단다.

죽음의 수용소에서 살아 돌아와 로고테라피를 '발견'하여 평생 그것에 대한 강의와 상담 치료를 했던 빅터 프랭클의 자서전 '빅터 프랭클(박상미 옮김/특별한서재 펴냄)'.

빅터 프랭클은 그가 세 번째로 옮겨 간 수용소에서 만난 '벤셔'라는 이가 늘 강조한 '살아남자, 비극적인 시대를 꼭 극복하자, 어떤 상황이 와도 자포자기하지 말자'라는 말이 힘이 되었다고 회상한다.

우리나라엔 원제가 '인간의 의미 추구'인 '죽음의 수용소에서 (이시형 옮김/청아출판사 펴냄)'가 널리 알려져 있다.

지금 대한민국에 사는 대다수 사람들이 비극적인 삶을 살고 있다. 그러나 어떤 상황이 펼쳐져도 자포자기는 하지 말아야 한다. 물론 기득권 세력들에겐 대한민국의 현대사가 펼쳐진 시간이 비극적인 시대가 아니었다. 그들은 대한민국의 대통령이었던 이승만, 박정희, 전두환. 이명박 시대도 결코 비극적인 시대가 아니었다. 그 시대는 그들에게 더할 나위 없이 좋은 '화양연화'였다.

얼마 전(2022년 1월 28일) 홀로코스트를 부정하는 세력에 맞서 고소한 뒤 승소한 머멜스타인이 세상을 떠났다. 그는 아우슈비츠 생존자이다. 거기서 부모와 형제 셋이 사망했다. 그런데도 유대인 대량 학살을 부정하는 극우 단체는 '나치가 아우슈비츠 가스실에서 유대인을 죽였다는 것을 증명하면 5만 달러를 주겠다'는 황당하기 짝이 없는 광고를 냈다. 그들은 머멜스타인 같은 생존자를 조롱하였다. 그는 그에 맞서 고소를 하고 보상금과 위자료, 사과까지 받아냈다. 극우 단체가 노린 것은 죽은 자는 자신의 죽음을 증명할 수 없다는 어이없는 논리에 바탕을 두었다. 거기에서 극적으로 살아남은 이들이 있는데도 말이다.

5·18 광주 항쟁을 두고 억지를 부리는 대한민국의 극우 세력도 마찬가지 논리이다. 그런 억지 논리는 나치 추종 세력만의 전유물이 아니다. 한반도를 억지로 지배하여 여자들을 일본군 성노예로 끌고 갔던 일본국의 논리도 어이없기는 마찬가지이다. 대한민국의 극우 세력들 모두 성노예에 대해서도 일본국과 같은 논리를 가졌다.

1980년 5월 광주도 죽음의 수용소나 마찬가지였다. 독일의 철학자 아도르노는 아우슈비츠 이후에도 서정시가 가능하겠느냐고 물었다. 그 물음은 타인의 고통이 해결 안 되었는데, 바람과 구름과 꽃만 노래하는 낭만적 서정시를 이를 테지만 시사하는 바가 크다.

사람 동물과 다른 동물의 차이를 들자면 무수히 많지만 가장 크게 들 수 있는 것으론 두 가지가 있단다.

가장 먼저 들 수 있는 건 죽음에 대한 태도. 사람은 평소에 죽음을 의식하고 살지만, 다른 동물들은 평소에 죽음을 의식하지 않는단다. 간혹 죽음 직전에야 죽는다는 걸 알고 몸부림을 치는 동물이 있다고 한다.

다음으론 사람만이 문자 생활을 한다는 것. 아무리 영리한 동물들도 책은 읽지 않는다. 개 가운데에서 제법 영리하다는 내 고향 진도의 진돗개를 보자, 진돗개는 충성심이 강해 주인을 잘 따르고, 먼 곳에서도 집을 찾아오고, 집을 잘 지키며, 사냥도 잘 하고, 심지어는 노래에 맞춰 춤도 춘다(개다리 춤!). 하지만 그런 진돗개도 책은 읽지 않는다.

책은 사람만이 읽는다. 책을 읽는다는 건 문자 생활을 한다는 것이다. 그러기에 선사시대와 역사시대를 나누는 것도 문자의 유무이다. 문자가 있기 전의 시대는 역사 이전인 선사(先史)시대. 문자가 생긴 이후는 역사(歷史)시대!

지구의 나이는 흔히 46억 살이라 하지만 그 가운데 인류의 나이는 고작(?) 700만 살이다. 더욱이 문자가 생긴 지는 기껏 5,000년 전에서 8,000년 전으로 본다. 그러기에 그 시대 이전인 선사 시대 때 사람의 삶이라는 것은 다른 동물들이 영위하는 삶에서 크게 벗어나지 않았다는 얘기이다.

그럼 사람 동물은 왜 문자 생활을 할까? 다른 동물들은 문자 생활을 하지 않아도 생존하는 데에 아무런 문제가 없는데…. 다른 동물과 달리 사람은 생존하기 위해 책을 읽는다. 여타 동물들처럼 배불리 밥 먹고, 잠을 잘 자는 것만으로 사람은 생존하지 못한다.

사람은 생각 없이 살지 못한다. 많은 사람이 생각을 하며 산다. 물론 생각 없이 사는 사람도 있다. 오로지 본능에만 충실하면서…. 대부분의 사람들은 생각의 수준을 높이면서 살고자 한다. 생각의 수준을 높이는 건 책읽기만한 게 없단다. 그렇지만 책을 읽는 걸 어려워하는 사람이 많은 것도 현실이다.

이 책은 주로 사람이라는 동물의 문자 생활에 대한 이야기, 즉 책과 책읽기에 대한 이야기이다. 책과 관련한 얘기이기에 책의 안팎을 다룬 글도 많다. 책읽기는 주로 혼자 하지만 여럿이 어울려 해도 좋다.

　그간 신문과 잡지, 웹진, 출판사와 도서관 소식지, 페이스북 등에 쓴 책과 책읽기에 대한 글이 적지 않게 쌓였다. 물론 나의 의견이 전적으로 타당하다는 건 아니다. 다만 책을 좋아하는 작가의 한 사람으로서 책과 책읽기에 대해 이러쿵저러쿵 떠든 것들을 한 자리에 모으면 어떤 '흐름'을 볼 수 있지 않을까 싶어서 그렇게 했다. 생각을 하며 살고자 하는 나의 독자들이 보기 좋게 (보기 좋은 떡이 먹기도 좋다!) 예쁜 책으로 묶어준 답게출판사의 가족들이 고맙기만 하다.

2022년 여름 無山書齋에서

박 상률

박상률

1990년 「한길문학」에 시를, 「동양문학」에 희곡을 발표하면서 작품 활동을 시작했다. 시와 희곡을 비롯, 소설과 동화 등 다양한 장르의 작품을 통해 인간의 다양한 삶을 그려 내기 위해 애쓰는 한편 교사와 학생, 일반인들을 대상으로 강연 및 강의를 활발히 하고 있다.

한국 청소년문학의 시작점이라 불리는 소설 『봄바람』은 성장기를 거친 모든 이들의 마음에 감동을 주는 현대의 고전으로 자리 잡았으며, 1996년에 불교문학상 희곡 부문, 2018년에 '아름다운 작가상'을 받았다.

시집 『진도아리랑』 『하늘산 땅골 이야기』 『배고픈 웃음』 『꽃동냥치』 『국가 공인 미남』 『길에서 개손자를 만나다』, 소설 『봄바람』 『나는 아름답다』 『밥이 끓는 시간』 『너는 스무 살, 아니 만 열아홉 살』 『방자 왈왈』 『개남전』 『세상에 단 한 권뿐인 시집』 『저 입술이 낯익다』 『통행금지』 『나를 위한 연구』 『눈동자』 『나는 실패한 라이카가 아니다』, 희곡집 『풍경 소리』 『개남전』, 동화 『바람으로 남은 엄마』 『미리 쓰는 방학 일기』 『도마 이발소의 생선들』 『개밥상과 시인 아저씨』 『구멍 속 나라』 『어른들만 사는 나라』 『벌거숭이 나라』 『개조심』 『자전거』 『애국가를 부르는 진돗개』 『아빠의 봄날』 『백발백중 명중이, 무관을 꿈꾸다』 『옛서리 특공대』, 산문집 『동화는 문학이다』 『청소년문학의 자리』 『어른도 읽는 청소년 책』 『청소년을 위한 독서 에세이』 『나와 청소년문학 20년』 『서당개도 술술! 자신만만 글쓰기』 『박상률의 청소년문학 하다』 『쓴다,,, 또 쓴다』 『꽃잎 떨어지는 소리 눈물 떨어지는 소리』 등을 썼다.

시를 비롯 소설 여러 편이 중고등학교 교과서에 수록되어 사랑받고 있다.